-LE MONDE DE-
NARNIA

C. S. Lewis

Le Prince Caspian

Illustrations de Pauline Baynes

Traduit de l'anglais
par Anne-Marie Dalmais

GALLIMARD JEUNESSE

Published by Éditions Gallimard Jeunesse under license
from the C. S. Lewis Company Ltd.

Publié initialement en anglais par HarperCollins Children's Books sous le titre :
Prince Caspian
The Return to Narnia

À Mary Clare Havard

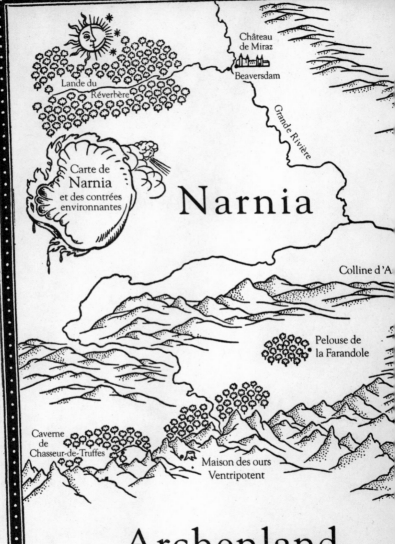

Château
de Miraz

Beaversdam

Grande Rivière

Lande du
Réverbère

Carte de
Narnia
et des contrées
environnantes

Narnia

Colline d'A

Pelouse de
la Farandole

Caverne
de
Chasseur-de-Truffes

Maison des ours
Ventripotent

Archenland

Contrées sauvages du Nord

Beruna

...vace

Cair Paravel

Les eaux de Cristal

N
O   E
S

Chapitre 1
L'île

Il était une fois quatre enfants qui se prénommaient Peter, Susan, Edmund et Lucy. Un autre livre, intitulé *Le Lion, la Sorcière Blanche et l'Armoire magique*, a raconté l'aventure extraordinaire dont ils avaient été les héros. Un jour, en ouvrant la porte d'une armoire magique, les enfants s'étaient retrouvés dans un monde complètement différent du nôtre ; et, dans ce monde différent, étaient devenus les rois et les reines d'un pays appelé Narnia. Pendant leur séjour à Narnia, ils eurent l'impression de régner durant de longues et longues années ; mais lorsque Peter, Susan, Edmund et Lucy rentrèrent par la porte de l'armoire, et se retrouvèrent en Angleterre, il apparut que toute leur histoire n'avait pris aucun temps. En tout cas, nul n'avait remarqué leur absence, et ils ne parlèrent à personne de ce qui leur était arrivé, à l'exception d'un vieux monsieur plein de bon sens et de sagesse.

Il y avait un an déjà que tous ces événements s'étaient produits et, pour le moment, les quatre enfants étaient assis sur un banc, dans une petite gare de campagne, entourés par des piles de valises et de boîtes de jeux. Ils étaient en route pour retourner en classe et avaient voyagé ensemble jusqu'à cette petite gare, située à la jonction de deux lignes ; ici, dans quelques minutes, un train arriverait qui emmènerait les petites filles vers une école ; puis, une demi-heure plus tard, environ, un autre train s'arrêterait, et les deux garçons partiraient pour un autre collège.

La première moitié du voyage, lorsqu'ils étaient encore réunis, leur avait toujours semblé faire partie des vacances ; mais maintenant qu'ils étaient sur le point de se dire au revoir et de s'en aller dans différentes directions, chacun se rendait compte que les vacances étaient vraiment terminées, et chacun sentait renaître en lui les sentiments liés au début du trimestre. Lucy allait en pension pour la première fois.

C'était une gare de campagne déserte, endormie, et il n'y avait pratiquement personne sur le quai en dehors d'eux-mêmes. Soudain, Lucy poussa un petit cri aigu, comme quelqu'un qui a été piqué par une guêpe.

– Qu'y a-t-il, Lucy ? demanda Edmund.

Mais il s'interrompit brusquement et fit un bruit qui ressemblait à : « OOOhhh ! »

– Que diable… commença Peter.

10

Et puis, lui aussi modifia brusquement les paroles qu'il allait prononcer. À leur place, il s'exclama :

– Susan ! Lâche-moi ! Que fais-tu ? Où me tires-tu ?

– Je ne te touche pas, rétorqua-t-elle. Mais, par contre, il y a quelqu'un qui est en train de *me* tirer en arrière. Oh… Oh… Oh… Arrêtez !

Chacun remarqua que le visage des autres était devenu très blanc.

– J'ai exactement la même sensation, dit Edmund d'une voix oppressée. C'est comme si j'étais traîné de force en arrière. Une force effrayante… Horreur ! Voilà que cela recommence !

– Pour moi aussi ! gémit Lucy. Oh ! Je ne peux pas le supporter !

– Attention ! cria Edmund. Donnons-nous la main et restons ensemble. C'est la magie… Je reconnais cette sensation. Vite !

– Oui, approuva Susan. Donnons-nous la main. Oh ! Comme j'aimerais que cela s'arrête… Oh !

Un instant plus tard, les bagages, le banc, le quai et la gare avaient complètement disparu.

Les quatre enfants, haletants et main dans la main, se retrouvèrent debout dans un lieu planté d'arbres, et d'arbres si serrés que, de toutes parts, des branches les piquaient, et qu'ils avaient à peine la place de remuer. Ils se frottèrent les yeux et respirèrent profondément.

– Oh ! Peter ! s'exclama Lucy. Penses-tu que nous soyons revenus à Narnia ?

– Cela pourrait être n'importe où, répondit-il. Je ne vois pas à un mètre à cause de tous ces arbres. Essayons

11

d'atteindre un endroit découvert… à condition qu'un tel endroit existe.

Avec pas mal de difficultés, au prix de quelques piqûres d'orties et égratignures d'épines, ils réussirent à se frayer un chemin hors du fourré. Alors ils eurent une autre surprise : tout devint beaucoup plus clair et, au bout de quelques pas, ils se retrouvèrent à la lisière du bois, surplombant une plage de sable fin. À quelques mètres de là, une mer très calme se brisait sur le sable avec des vaguelettes si minuscules qu'on entendait à peine leur clapotis. Il n'y avait pas de terre en vue et aucun nuage dans le ciel. Le soleil était à peu près là où il devait être à dix heures du matin, et l'eau était d'un bleu éblouissant. Ils passèrent quelques instants à humer le parfum de la mer.

— Bigre ! s'exclama Peter. Ce n'est pas mal !

Cinq minutes plus tard, chacun était pieds nus et barbotait dans l'eau claire et fraîche.

— C'est plus agréable que d'être enfermé dans un train mal aéré, en route vers le latin, le français et l'algèbre ! déclara Edmund.

Puis, pendant un long moment, les enfants restèrent silencieux, uniquement occupés à barboter et à chercher des crevettes et des crabes.

— Tout de même, finit par dire Susan, je pense que nous devrions faire quelques plans. Nous aurons bientôt envie de manger quelque chose.

— Nous avons les sandwichs que maman nous a donnés pour le voyage, répondit Edmund. Tout du moins, j'ai les miens.

— Moi pas, dit Lucy. Ils étaient dans mon petit sac.

— Les miens aussi, dit Susan.

— Les miens sont dans la poche de mon manteau, là-bas, sur la plage, précisa Peter. Deux déjeuners pour quatre : cela ne va pas être très amusant.

— Pour l'instant, dit Lucy, j'ai plus envie de boire que de manger.

Tous les autres s'aperçurent alors qu'ils avaient très soif, comme c'est habituellement le cas après avoir pataugé dans de l'eau salée, sous un soleil brûlant.

— C'est comme si nous étions naufragés, remarqua Edmund. Dans les livres, les héros trouvent toujours sur leur île des sources d'eau claire et fraîche. Nous ferions bien de les chercher.

— Cela veut-il dire que nous devons retourner dans ce bois si touffu ? s'inquiéta Susan.

— Pas du tout, répondit Peter. S'il y a des rivières, elles doivent obligatoirement se jeter dans la mer et, si nous marchons le long de la plage, nous devons obligatoirement les trouver.

Ils revinrent donc sur leurs pas en pataugeant, traversèrent d'abord la bande de sable lisse et humide, puis montèrent sur le sable sec et friable, qui colle aux orteils, et entreprirent de mettre leurs chaussettes et leurs chaussures. Edmund et Lucy avaient envie de les laisser là et de partir en exploration pieds nus, mais Susan dit que ce serait de la folie.

— Nous pourrions ne jamais les retrouver, fit-elle observer, et nous en aurons besoin si nous sommes encore là à la tombée de la nuit, quand il commencera à faire froid.

Une fois habillés, ils se mirent en route le long du rivage, avec la mer sur leur gauche et le bois sur leur droite. À l'exception d'une mouette qui passait de temps à autre, c'était un endroit extrêmement silencieux. Le bois était si touffu et si broussailleux que les enfants ne pouvaient pas voir à l'intérieur ; et rien n'y bougeait, pas un oiseau, pas même un insecte.

Les coquillages, les algues et les anémones, ou bien les minuscules crabes dans les creux des rochers, tout cela, c'est très joli, mais l'on s'en lasse bien vite quand on a la gorge sèche. Et, depuis qu'ils étaient sortis de l'eau fraîche, les enfants sentaient leurs pieds lourds et brûlants. Susan et Lucy avaient leurs manteaux de pluie à porter. Edmund avait posé le sien sur le banc de la gare juste avant que la magie s'empare d'eux ; Peter et lui se relayaient pour porter le lourd pardessus de Peter.

Soudain le rivage dessina une courbe vers la droite. Environ un quart d'heure plus tard, après qu'ils eurent franchi un banc de rochers, prolongé par un promontoire, le rivage fit un brusque coude. Les enfants tournaient maintenant le dos à la partie de la mer qui leur était apparue au moment où ils étaient sortis du bois, et, désormais, en regardant droit devant eux, ils pouvaient voir, au-delà de l'eau, une autre côte recouverte de bois épais, et tout à fait semblable à celle qu'ils étaient en train d'explorer.

— Je me demande si c'est une île, ou bien une partie de la côte, que nous allons bientôt rejoindre ? dit Lucy.

— Je ne sais pas, répondit Peter.

Et ils continuèrent en silence leur marche lente et pénible.

La côte sur laquelle ils cheminaient se rapprochait de plus en plus de la côte opposée et, chaque fois qu'ils contournaient une pointe, les enfants s'attendaient à trouver l'endroit où les deux rivages se joindraient. Mais chaque fois ils étaient déçus. Ils atteignirent un amas de rochers, qu'ils durent escalader et, de là-haut, ils purent voir loin devant eux, et...

– Oh ! Zut ! s'écria Edmund. Quelle poisse ! Nous ne pourrons jamais atteindre ces autres bois. Nous sommes sur une île !

C'était exact. À cet endroit, le passage entre eux et le rivage opposé n'avait que vingt-cinq à trente-cinq mètres de large ; mais ils pouvaient voir à présent que c'était la passe la plus étroite. Plus loin, leur propre rivage tournait à nouveau vers la droite et ils voyaient, entre eux et la terre ferme, se déployer la haute mer. Il était évident qu'ils avaient déjà parcouru plus de la moitié du tour de l'île.

– Regardez ! s'écria soudain Lucy. Qu'est-ce que c'est ?

Elle tendit le doigt vers une longue chose argentée qui ressemblait à un serpent couché en travers de la plage.

– Une rivière ! Une rivière ! s'exclamèrent les autres.

Fatigués comme ils l'étaient, ils dégringolèrent les rochers sans perdre une minute et se précipitèrent vers l'eau douce. Ils savaient que la rivière serait meilleure à boire un peu plus haut, à l'écart de la plage ; c'est pourquoi ils se dirigèrent immédiatement vers l'endroit où elle sortait du bois. Les arbres poussaient toujours aussi dru, mais la rivière s'était creusé un lit profond entre de hautes berges tapissées de mousse, si bien qu'en se baissant l'on pouvait remonter son cours dans une sorte de tunnel de feuillages. Ils tombèrent à genoux à la première mare, qui était toute transparente et comme striée de ridules, et ils burent, burent longuement ; puis ils plongèrent leurs visages dans l'eau, et y trempèrent leurs bras jusqu'aux coudes.

— Et maintenant, demanda Edmund, que faisons-nous de ces sandwichs ?

— Ne ferions-nous pas mieux de les garder ? suggéra Susan. Il se peut que nous en ayons vraiment besoin plus tard.

— Maintenant que nous n'avons plus soif, observa Lucy, j'espère que nous continuerons à ne pas sentir que nous avons faim, comme c'était le cas lorsque nous avions soif.

— Mais que faisons-nous de ces sandwichs ? répéta Edmund. Cela ne sert à rien de les garder jusqu'à ce qu'ils ne soient plus bons à manger. Il faut vous souvenir qu'il fait nettement plus chaud ici qu'en Angleterre, et que nous les transportons dans nos poches depuis des heures.

Alors ils sortirent les deux paquets et les divisèrent en quatre portions ; personne n'en eut suffisamment, mais c'était beaucoup mieux que rien. Puis ils exposèrent leurs plans pour le prochain repas. Lucy voulait retourner au bord de la mer pour attraper des crevettes, mais quelqu'un fit remarquer qu'ils n'avaient pas de filets. Edmund déclara qu'ils devaient ramasser des œufs de mouette dans les rochers mais, en réfléchissant bien à cette proposition, ils ne purent pas se rappeler s'ils avaient vu des œufs de mouette ; et, par ailleurs, au cas où ils en trouveraient, ils n'avaient pas la possibilité de les faire cuire. Peter estima, pour sa part, qu'à moins d'un coup de chance ils seraient bientôt très contents de manger des œufs crus, mais il ne jugea pas nécessaire d'exprimer cette pensée à haute voix. Susan dit que c'était dommage qu'ils aient mangé leurs sandwichs si tôt. Une ou deux disputes faillirent éclater à ce stade de la discussion. C'est finalement Edmund qui trancha :

— Écoutez-moi ! Il n'y a qu'une chose à faire. Nous devons explorer le bois. Les ermites, les chevaliers errants, tous les gens de cette espèce se débrouillent toujours pour survivre, d'une manière ou d'une autre, quand ils se trouvent dans une forêt. Ils découvrent des racines, des baies, des choses...

— Quelle sorte de racines ? demanda Susan.

— J'ai toujours pensé qu'il s'agissait de racines d'arbres, murmura Lucy.

— Allons ! Venez ! ordonna Peter. Edmund a raison. Nous devons essayer de faire quelque chose. Et puis cela vaudra mieux que de marcher à nouveau en plein soleil.

Alors ils se levèrent tous et commencèrent à suivre la rivière. C'était une entreprise très ardue. Ils devaient se pencher sous certaines branches et grimper sur d'autres, ils trébuchaient dans d'énormes touffes de plantes, qui ressemblaient à des rhododendrons, ils déchiraient leurs vêtements et ils se mouillaient les pieds dans la rivière ; ils n'entendaient toujours aucun son, à l'exception du clapotis de l'eau et des bruits qu'ils faisaient eux-mêmes. Ils commençaient à être vraiment très fatigués, lorsqu'ils décelèrent une odeur délicieuse, puis remarquèrent l'éclat d'une couleur très brillante, bien au-dessus d'eux, sur la droite, tout en haut de la berge.

— Pas possible ! s'exclama Lucy. Je crois bien que c'est un pommier !

C'en était un. Soufflant et haletant, les enfants escaladèrent la pente raide de la berge, se frayèrent un chemin à travers des ronces et se retrouvèrent autour d'un vieil arbre, dont les branches étaient lourdes de grosses pommes jaune d'or, aussi fermes et juteuses qu'on pouvait le rêver.

— Et ce n'est pas le seul arbre ! remarqua Edmund, la bouche pleine de pomme. Regardez ici, et là !

— Tiens ! Il y en a des douzaines ! dit Susan, en jetant le trognon de sa première pomme et en cueillant la seconde. Ce fut certainement un verger, il y a très, très longtemps, avant que l'endroit ne devienne sauvage et que le bois ne pousse.

— Alors cette île fut habitée autrefois, déduisit Peter.

— Et qu'est-ce que c'est que cela ? demanda Lucy, en pointant son doigt droit devant elle.

— Bigre ! C'est un mur ! dit Peter. Un vieux mur en pierre.

Pressant le pas entre les branches chargées de fruits,

ils atteignirent le mur. Il était très vieux, démoli par endroits, couvert de mousse et de giroflées grimpantes, mais il dominait tout ce qui l'entourait, à l'exception des arbres les plus grands. Lorsqu'ils furent tout près, les enfants découvrirent une grande arche qui, jadis, avait certainement été fermée par un portail mais qui, à présent, était obstruée par le plus énorme de tous les pommiers. Ils durent briser quelques branches pour passer ; une fois qu'ils y furent parvenus, ils se mirent à cligner des yeux parce que la lumière du jour était devenue brusquement beaucoup plus brillante. Ils se trouvaient dans un lieu à ciel ouvert, tout entouré de murs. À l'intérieur de cette enceinte, il n'y avait pas d'arbres, mais simplement de l'herbe et des pâquerettes, du lierre et des murs gris. C'était un endroit lumineux, secret, silencieux et plutôt triste ; les quatre enfants marchèrent vers le centre, heureux de pouvoir se tenir droits, et de remuer librement leurs bras et leurs jambes.

Chapitre 2

L'ancienne chambre au trésor

— Ce n'était pas un jardin, dit alors Susan. C'était un château et cet endroit était certainement la cour.

— Je vois ce que tu veux dire, acquiesça Peter. Oui, ce sont les vestiges d'une tour. Et voici les restes d'un escalier, qui montait au sommet des murs. Et regardez ces autres marches, larges et peu élevées, qui mènent là-haut à cet encadrement de porte. Ce devait être la porte conduisant à la grande salle.

— Il y a des siècles de cela, à en juger par son aspect, observa Edmund.

— Oui, des siècles, confirma Peter. J'aimerais que nous puissions découvrir qui habitait ce château et à quelle époque.

— Cela me fait une impression bizarre, avoua Lucy.

— C'est vrai, Lucy ? demanda Peter en se tournant vers elle et en la regardant fixement. Parce que, moi aussi, j'éprouve le même sentiment. Et c'est la chose la plus bizarre qui me soit arrivée dans cette journée déjà bien bizarre. Je me demande où nous sommes et ce que tout cela signifie…

Tout en parlant, ils avaient traversé la cour, franchi l'autre porte et pénétré dans ce qui avait été autrefois la grande salle. Elle ressemblait beaucoup à la cour, maintenant, car le toit avait disparu depuis longtemps, et c'était simplement un autre espace d'herbes et de pâquerettes, mais plus court, plus étroit, et entouré de murs plus hauts. À l'autre bout, il y avait une sorte d'estrade, qui s'élevait à un mètre du sol environ.

— Je me demande si c'était réellement la grande salle, dit Susan. À quoi pouvait bien servir cette estrade ?

— Mais, espèces d'idiots, s'écria Peter (qui était devenu étrangement agité), vous ne voyez donc pas ? C'était l'estrade où se trouvait la table d'honneur, à laquelle s'asseyaient le roi et les grands seigneurs ! On croirait vraiment que vous avez oublié que, jadis, nous avons nous-mêmes été rois et reines et que, dans notre grande salle, nous avons siégé sur une estrade exactement semblable à celle-ci.

— Dans notre château de Cair Paravel, psalmodia Susan, avec une voix qui semblait sortie d'un rêve, à l'embouchure de la Grande Rivière de Narnia… Comment ai-je pu l'oublier ?

— Comme toute cette époque revit ! s'exclama Lucy. Nous pourrions faire semblant d'être à Cair Paravel en ce moment. Je suis sûre que cette salle devait beaucoup ressembler à la grande salle dans laquelle nous tenions nos festins…

— Il manque malheureusement le festin ! soupira Edmund. Il se fait tard, vous savez. Regardez comme les ombres s'allongent. Et avez-vous remarqué qu'il ne fait plus si chaud ?

— Nous aurons besoin d'un feu de camp, si nous devons passer la nuit ici, dit Peter. J'ai des allumettes. Voyons si nous pouvons ramasser un peu de bois sec.

Chacun apprécia le bon sens de cette initiative et, durant la demi-heure suivante, les enfants furent très occupés. Le verger, par lequel ils avaient pénétré dans les ruines, ne se révéla pas un bon endroit pour récolter du bois de chauffe. Ils décidèrent de tenter leur chance de l'autre côté du château ; pour cela, ils sortirent de la grande salle par une petite porte de côté, et s'enfoncèrent dans un labyrinthe de pierres éboulées qui, sans nul doute, avait figuré jadis un ensemble de couloirs et de pièces de dimensions plus restreintes mais qui, à présent, n'était plus qu'orties et roses sauvages. Au-delà, ils repérèrent, dans le mur du château, une vaste brèche, par laquelle ils passèrent pour pénétrer dans un bois d'arbres encore plus sombres et encore plus grands que tous ceux qu'ils avaient vus depuis ce matin. Là, ils trouvèrent, en grande quantité, branches mortes, bois pourri, brindilles, feuilles sèches et pommes de pin. Ils firent la navette avec des fagots, jusqu'à ce qu'ils en aient amassé un bon tas sur l'estrade. Au cinquième voyage, ils découvrirent le puits, juste à la sor tie de la grande salle : il était enfoui sous les mauvaises herbes mais, une fois qu'ils les eurent écartées, le puits leur apparut propre, frais et profond. Les restes d'un dallage de pierre l'encerclaient à moitié.

Les petites filles sortirent pour cueillir encore des pommes, et les garçons construisirent un feu sur l'estrade, très près du coin formé par les deux murs, car cet endroit leur semblait le mieux abrité et le plus confortable. Ils eurent beaucoup de difficultés à l'allumer et utilisèrent des quantités d'allumettes, mais ils finirent par y parvenir. Et ils s'assirent tous les quatre, le dos contre le mur et le visage tourné vers la flamme. Ils essayèrent de faire rôtir quelques-unes de leurs pommes, en les piquant à la pointe de petites baguettes. Mais les pommes rôties ne sont pas très bonnes sans sucre, et elles sont trop brûlantes pour qu'on puisse les manger avec les doigts ; et quand, enfin, on peut les manger avec les doigts, elles sont trop froides pour que cela en vaille la peine ! Aussi durent-ils se contenter de pommes crues, ce qui leur permit de se rendre compte, comme le fit remarquer Edmund, que les dîners à la pension n'étaient pas, après tout, si mauvais…

— En ce moment, je n'aurais rien contre une bonne tranche de pain épaisse, avec de la margarine ! ajouta-t-il.

Mais l'esprit d'aventure était en train de grandir en eux, et aucun ne désirait vraiment être de retour en classe.

Peu après que la dernière pomme eut été croquée, Susan sortit pour aller boire encore une fois au puits.

Lorsqu'elle revint, elle tenait quelque chose dans sa main.

– Regardez ! dit-elle, d'une voix plutôt étranglée. Je l'ai trouvé près du puits !

Elle tendit l'objet à Peter et s'assit. À l'expression de son visage, au son de sa voix, les autres estimèrent qu'elle allait sans doute se mettre à pleurer. Edmund et Lucy se penchèrent avec curiosité pour voir ce qui était dans la main de Peter : un petit objet brillant, qui luisait à la lumière du feu.

– Pas possible ! s'exclama Peter.

Sa voix eut, elle aussi, une étrange résonance. Puis il tendit l'objet aux deux autres.

Ils virent alors de quoi il s'agissait : le cavalier d'un jeu d'échecs ; il était d'une taille ordinaire, mais d'un poids tout à fait exceptionnel, car moulé en or pur ; les yeux du cheval étaient deux minuscules rubis – à vrai dire, un seul l'était, car l'autre avait disparu.

– Tiens ! s'exclama Lucy, il ressemble exactement aux figurines d'or avec lesquelles nous jouions aux échecs, lorsque nous étions rois et reines à Cair Paravel.

– Remets-toi, Susan, dit Peter à son autre sœur.

– Je n'y peux rien, balbutia Susan. Cela évoque pour moi des temps tellement merveilleux. Et je me rappelle les parties d'échecs avec les faunes et les bons géants, et les tritons chantant dans la mer, et mon magnifique cheval, et... et...

– À présent, déclara Peter d'une voix complètement différente, il est grand temps pour nous quatre de commencer à utiliser nos cervelles !

— À quel sujet ? demanda Edmund.

— Aucun de vous n'a deviné où nous étions ? interrogea-t-il.

— Continue, continue… supplia Lucy. Il y a des heures que je sens qu'un merveilleux mystère flotte au-dessus de cet endroit…

— Allez ! Raconte ! dit Edmund. Nous t'écoutons tous !

— Nous nous trouvons dans les ruines de Cair Paravel ! annonça Peter.

— Mais… répliqua Edmund. Je veux dire, comment arrives-tu à cette conclusion ? Cet endroit est en ruine depuis des siècles. Regarde tous ces gros arbres qui poussent jusqu'aux portes ! Regarde les pierres elles-mêmes. N'importe qui peut voir que personne n'a vécu ici depuis des centaines d'années !

— Je sais, admit Peter. C'est là que réside la difficulté. Mais laissons-la de côté pour un moment. Je veux examiner les points un par un. Premier point : cette salle a exactement la même forme et la même dimension que celle de Cair Paravel. Il suffit d'imaginer un toit sur nos têtes, et un dallage coloré à la place de l'herbe, et des tapisseries sur les murs, et vous aurez notre grande salle royale des banquets.

Personne ne souffla mot.

— Deuxième point, continua Peter : le puits du château se trouve exactement là où se trouvait le nôtre, légèrement au sud de la grande salle ; et il a exactement la même taille et la même forme.

Encore une fois, il n'y eut aucune réplique.

– Troisième point : Susan vient de trouver l'une de nos pièces d'échecs en or, ou quelque chose qui lui ressemble comme deux gouttes d'eau.

Toujours aucune réponse.

– Quatrième point : ne vous rappelez-vous pas (c'était précisément la veille de la venue des ambassadeurs du roi de Calormen), ne vous rappelez-vous pas que nous avons planté un verger à l'extérieur de la porte nord de Cair Paravel ? La plus célèbre des divinités des arbres, Pomone elle-même, vint pour lui jeter des sorts favorables. Ce furent ces braves petites bonnes femmes, les taupes, qui creusèrent les trous. C'est impossible que vous ayez oublié leur chef, cette vieille et comique Mme Gants-Blancs, appuyée sur sa bêche et qui disait : « Croyez-moi, Votre Majesté, vous serez bien aise de trouver ces arbres fruitiers un jour ! » Et, bigre, elle avait bien raison !

– Je m'en souviens ! Je m'en souviens ! s'écria Lucy, en battant des mains.

– Mais dis donc, Peter, coupa Edmund, tout cela, c'est de la blague ! Pour commencer, nous n'avons pas planté le verger juste contre la porte. Nous n'aurions pas été si bêtes !

– Non, bien sûr que non, admit-il. Mais, depuis, le verger a poussé et il s'est étendu vers la porte.

– Autre chose, dit Edmund. Cair Paravel n'était pas sur une île.

– Je le sais et je me suis posé bien des questions à ce sujet. Mais c'était ce que l'on appelle une péninsule. Ce qui ressemble fameusement à une île ! Et ne peut-elle pas avoir été transformée en île depuis notre époque ? Quelqu'un aura creusé un chenal

— Minute ! cria Edmund. Tu ne cesses de dire : « depuis notre époque ». Mais il n'y a qu'un an que nous sommes revenus de Narnia. Et tu veux démontrer qu'en une année des châteaux sont tombés en ruine, d'immenses forêts ont poussé, des petits arbustes, que nous avons vu planter sous nos yeux, sont devenus ce vaste verger antique, et Dieu sait quoi d'autre ! Tout cela est impossible !

— Il peut y avoir une preuve, dit Lucy. Si cet endroit est réellement Cair Paravel, il doit exister une porte à l'extrémité de l'estrade. En fait, nous devrions même y être adossés en ce moment. Vous savez : la porte qui menait vers la chambre du trésor, en bas.

— Je suppose qu'*il n'y a pas* de porte, dit Peter en se levant.

Le mur, derrière eux, n'était qu'un enchevêtrement de branches de lierre.

— Nous le saurons vite, dit Edmund, en saisissant l'un des morceaux de bois qu'ils avaient préparés pour allumer le feu.

Il se mit à battre le mur couvert de lierre. Tap ! tap ! faisait le bâton contre la pierre ; et encore tap ! tap ! ; et puis, soudain, boum ! boum ! avec un bruit complètement différent, un bruit de bois, qui sonnait creux.

— Mon Dieu ! s'exclama Edmund.

— Nous devons arracher ce lierre ! décida Peter.

— Oh ! Laissez-le tranquille ! implora Susan. Nous essaierons demain matin. Si nous sommes obligés de passer la nuit ici, je n'ai pas envie d'avoir une porte ouverte derrière mon dos, ni un grand trou noir par lequel n'importe quoi pourra sortir, sans parler des courants d'air ni de l'humidité ! Et il fera bientôt nuit…

— Susan ! Comment peux-tu parler ainsi ? dit Lucy, avec un regard de reproche.

Quant aux deux garçons, ils étaient beaucoup trop excités pour tenir compte des conseils de Susan. Ils s'escrimaient déjà contre le lierre en se servant de leurs mains et du couteau de poche de Peter ; et lorsque celui-ci se brisa, ils utilisèrent celui d'Edmund. Le coin où les enfants étaient assis, quelques minutes auparavant, ne tarda pas à être complètement recouvert de branches de lierre. Finalement, les deux garçons réussirent à dégager la porte.

— Elle est fermée, naturellement ! constata Peter.

— Mais le bois est complètement pourri, remarqua Edmund. Nous pouvons la mettre en pièces en un rien de temps ! Et cela nous procurera du bois de chauffe supplémentaire. Allons-y !

Cela leur prit plus longtemps que prévu ; avant qu'ils n'aient terminé, la nuit était tombée sur la grande salle et les premières étoiles étaient apparues dans le ciel, au-dessus de leurs têtes.

Susan ne fut pas la seule à ressentir un léger frisson au moment où les garçons, debout sur la pile des morceaux de bois fracassés, secouèrent la poussière de leurs mains et plongèrent leurs regards dans le gouffre froid et sombre qu'ils venaient d'ouvrir.

— Maintenant, une torche ! commanda Peter.

– Oh ! à quoi bon ? gémit Susan. Et, comme l'a dit Edmund…

– Je ne le dis plus maintenant, coupa ce dernier. Je ne comprends toujours pas l'énigme de ce lieu, mais nous pourrons résoudre ce problème plus tard ! Je suppose que tu vas descendre, Peter ?

– Nous le devons ! confirma-t-il. Courage, Susan ! Cela ne sert à rien de se conduire comme des enfants, maintenant que nous sommes de retour à Narnia. Tu es une reine ici. Et, de toute façon, aucun de nous ne pourrait aller se coucher avec un mystère comme celui-ci pesant sur son esprit.

Ils essayèrent d'utiliser de longs bâtons en guise de torches, mais ce ne fut pas une réussite. Quand vous les teniez avec l'extrémité allumée en l'air, ils s'éteignaient ; quand vous les teniez dans l'autre sens, ils vous brûlaient les mains, et la fumée allait dans vos yeux. Finalement, ils furent obligés d'utiliser la lampe électrique d'Edmund ; heureusement, c'était un cadeau d'anniversaire : elle lui avait été donnée depuis moins d'une semaine, et la pile était presque neuve. Il passa le premier, avec la lumière. Derrière lui, Lucy, puis Susan, et Peter, qui fermait la marche.

– Je suis arrivé en haut des marches, signala Edmund.

– Compte-les ! ordonna Peter.

– Un, deux, trois, énuméra-t-il, en descendant avec précaution, et il alla ainsi jusqu'à seize. Et me voici au fond ! leur cria-t-il d'en bas.

– Alors, ce doit vraiment être Cair Paravel, dit Lucy. Car il y avait seize marches aussi !

Aucune autre parole ne fut prononcée jusqu'à ce que les quatre enfants se retrouvent, serrés les uns contre les autres, au pied de l'escalier. Alors Edmund promena lentement tout autour d'eux le faisceau lumineux de sa lampe.

— Oh… oh… oh ! s'exclamèrent aussitôt les quatre enfants.

Car, désormais, tous savaient qu'il s'agissait bien de l'antique chambre du trésor du château de Cair Paravel où ils avaient régné jadis, en tant que rois et reines de Narnia. Il y avait une sorte d'allée centrale (un peu comme dans une serre) et, le long de cette allée, à intervalles réguliers, se dressaient de somptueuses armures, qui ressemblaient à des chevaliers gardant les trésors. Entre les armures, et de chaque côté de l'allée, s'alignaient des étagères surchargées d'objets précieux : colliers, bracelets, bagues, coupes et vaisselles d'or, longues défenses d'ivoire, broches, couronnes, chaînes et monceaux de pierres non serties, empilées n'importe comment les unes sur les autres, comme s'il s'agissait de billes ou de pommes de terre ; et il y avait ainsi des diamants et des rubis, des escarboucles et des émeraudes, des topazes et des améthystes ! Sous les étagères reposaient de grands coffres de chêne, renforcés par des barres de fer et fermés par de lourds cadenas.

Il faisait très froid et il régnait un tel silence que les enfants pouvaient entendre le souffle de leur propre respiration ; et les trésors étaient recouverts d'une telle couche de poussière que si Peter, Edmund, Susan et Lucy n'avaient pas identifié l'endroit où ils se trouvaient, et s'ils ne s'étaient pas souvenus de la plupart des objets, ils ne se seraient peut-être pas rendu compte qu'ils se trouvaient en présence de trésors. Il y avait quelque chose de triste et de légèrement effrayant dans cet endroit, parce qu'il avait l'air complètement abandonné depuis tellement longtemps... C'est pourquoi personne ne parla pendant au moins une minute.

Ensuite, bien entendu, les enfants se mirent à circuler et à saisir des objets au passage, pour les examiner. C'était comme de rencontrer de très vieux amis. Si vous aviez été là, vous les auriez entendus dire des phrases de ce genre :

– Oh ! Regardez ! Les anneaux de notre couronnement !

– Vous vous rappelez la première fois que nous avons porté ce bijou ?

– Tiens ! Voici la petite broche que nous croyions tous perdue...

– Dis donc ! N'est-ce pas l'armure que tu portais, lors du grand tournoi dans les îles Solitaires ?

– Te souviens-tu du nain qui l'a forgée pour moi ?

– Tu te rappelles que tu as bu dans ce hanap ?

– Tu te rappelles ? Tu te rappelles...

Mais, tout à coup, Edmund s'écria :

– Eh ! Nous ne devons pas user la pile : Dieu seul sait combien de fois nous en aurons encore besoin. Ne ferions-nous pas mieux de prendre ce que nous voulons, et de ressortir d'ici ?

– Nous devons emporter les cadeaux ! dit Peter.

Car, il y a très longtemps, lors d'un Noël à Narnia,

lui-même, Susan et Lucy avaient reçu des cadeaux qui, à leurs yeux, avaient plus de valeur que leur royaume tout entier. Edmund n'avait pas eu de cadeau, parce qu'il ne se trouvait pas avec eux à ce moment. (C'était sa faute : vous pouvez lire cette histoire dans l'autre livre.)

Ils furent tous de l'avis de Peter et ils suivirent l'allée jusqu'au mur qui se trouvait à l'extrémité de la chambre du trésor ; là, bien entendu, leurs cadeaux étaient toujours soigneusement accrochés à leurs places. Celui de Lucy était le plus petit, car ce n'était qu'une minuscule bouteille. Mais cette bouteille, au lieu d'être soufflée dans du verre, était taillée dans un diamant, et elle contenait encore plus de la moitié de sa potion magique, capable de guérir presque toutes les blessures, et presque toutes les maladies. Lucy était silencieuse et paraissait très grave lorsqu'elle saisit son cadeau, passa le cordon (auquel était suspendue la fiole) par-dessus son épaule, et sentit de nouveau le poids de la petite bouteille à son côté, là où elle avait toujours été suspendue dans les jours anciens.

Le cadeau de Susan comprenait un arc, des flèches et une trompe de chasse. L'arc était encore là, ainsi que le carquois d'ivoire, rempli de flèches bien empennées, mais...

— Oh ! Susan ! s'exclama Lucy, où est la trompe ?

— Zut, zut, zut ! dit-elle, après avoir réfléchi un instant. Je me rappelle, à présent. Je l'ai emportée avec moi, le dernier jour, le jour où nous avons chassé à courre le cerf blanc. Elle a dû s'égarer au moment où nous sommes rentrés si brutalement dans cet autre endroit, je veux dire, en Angleterre.

Edmund siffla. C'était, en effet, une perte irréparable, car il s'agissait d'une trompe magique : chaque fois que vous en sonniez, vous étiez certain de recevoir de l'aide, quel que soit l'endroit où vous vous trouviez.

– C'est exactement le genre d'objet qui aurait bien fait notre affaire dans un endroit comme celui-ci ! remarqua Edmund.

– Peu importe, dit Susan. J'ai encore l'arc.

Et elle s'en saisit.

– Est-ce que la corde n'est pas détériorée, Susan ? demanda Peter.

Mais, qu'il y ait eu ou non quelque effluve magique dans l'air de la chambre au trésor, l'arc était en parfait état de fonctionnement. Le tir à l'arc et la natation étaient deux activités dans lesquelles Susan excellait. En un instant, elle eut bandé l'arc ; puis elle pinça la corde d'un petit coup sec : la corde vibra, avec un léger son métallique qui résonna à travers toute la salle. Et ce seul petit bruit ressuscita le passé dans l'esprit des enfants avec plus d'intensité que n'importe quel autre événement de la journée. Les souvenirs des batailles, des chasses et des festins affluèrent tous à la fois dans leur mémoire.

Ensuite, Susan détendit son arc et suspendit le carquois à son côté

Puis ce fut au tour de Peter de décrocher ses présents : le bouclier orné d'un grand lion écarlate et l'épée royale. Il souffla sur ces objets, et les frappa contre le sol, pour faire partir la poussière. Il ajusta le bouclier sur son bras, et attacha l'épée à son côté. Il craignait qu'elle ne soit rouillée, et qu'elle ne colle à son fourreau. Mais ce n'était pas le cas. D'un seul geste très prompt, il la sortit et la brandit en l'air : elle étincela à la lumière de la lampe électrique.

— Voici mon épée Vaillante, dit-il. Avec elle, j'ai tué le loup.

Sa voix avait une intonation nouvelle, et les autres comprirent tous qu'il était vraiment redevenu Peter, le roi suprême. Ensuite, après une courte pause, chacun se rappela qu'il fallait économiser la pile.

Ils remontèrent l'escalier, firent un bon feu, et se couchèrent tout près les uns des autres, afin de se tenir chaud. Le sol était très dur, très inconfortable, mais ils finirent cependant par s'endormir.

Chapitre 3
Le nain

Le pire, lorsque l'on dort à la belle étoile, c'est que l'on se réveille affreusement tôt. Et lorsque l'on se réveille, il faut absolument se lever, parce que le sol est si dur que l'on y est très inconfortable. La situation est encore plus grave s'il n'y a que des pommes pour le petit déjeuner, surtout quand on en a déjà eu pour le souper de la veille…

Une fois que Lucy eut déclaré, avec raison, que la matinée était radieuse, il sembla qu'il n'y avait plus rien d'agréable à dire. Edmund exprima ce que chacun ressentait en affirmant :

— Nous devons absolument quitter cette île !

Après avoir bu au puits et s'être lavé le visage à grande eau, les enfants reprirent le chemin de la côte en suivant le cours de la rivière et, du rivage, ils regardèrent fixement le chenal qui les séparait de la terre ferme.

– Nous serons obligés de nager, constata Edmund.

– Ce sera parfait pour Susan, répondit Peter. (Elle avait remporté des prix de natation en classe.) Mais je ne sais pas ce que cela donnera pour nous autres.

En réalité, par « nous autres », il voulait dire Edmund, qui n'était pas encore capable d'effectuer deux longueurs de suite dans la piscine du collège, et Lucy, qui ne savait, pour ainsi dire, pas nager.

– De toute façon, objecta Susan, il y a peut-être des courants. Papa dit toujours que ce n'est pas prudent de se baigner dans un endroit que l'on ne connaît pas.

– Mais, Peter, écoute-moi, dit Lucy. Je sais que je suis incapable de nager chez nous, c'est-à-dire en Angleterre. Mais ne savions-nous pas tous nager, lorsque nous étions rois et reines de Narnia, il y a très longtemps (si cela s'est réellement passé il y a très longtemps) ? Nous savions alors monter à cheval, et faire toutes sortes de choses. Ne crois-tu pas que… ?

– Ah ! Mais, à ce moment-là, nous étions en quelque sorte des grandes personnes, expliqua Peter. Nous avions régné pendant des années, et nous avions appris à faire des choses. Est-ce que nous ne sommes pas revenus à nos âges véritables maintenant ?

– Oh ! s'exclama Edmund d'une voix qui força tout le monde à se taire pour l'écouter. Je viens de tout comprendre ! dit-il.

– Comprendre quoi ? demanda Peter.

– Eh bien, toute l'affaire, dit Edmund. Tu sais, la contradiction qui nous troublait tant hier soir, à savoir que nous n'avions quitté Narnia que depuis un an, alors que tout semblait indiquer que personne n'avait vécu à Cair Paravel depuis des centaines et des centaines d'années ? Eh bien, tu ne comprends pas ? Tu te souviens que, en dépit de notre impression d'avoir vécu très, très longtemps à Narnia, il s'avéra, lorsque nous sommes rentrés par l'Armoire magique, que notre séjour n'avait pas duré une seule seconde ?

– Continue dit Susan, je crois que je commence à comprendre

– Cela signifie, poursuivit-il, qu'une fois que l'on est en dehors de Narnia, on n'a plus aucune idée de la façon dont le temps de Narnia se déroule. Pourquoi des siècles n'auraient-ils pas pu s'écouler à Narnia, pendant que pour nous, en Angleterre, une seule année passait ? Pourquoi pas ?

– Bigre ! s'écria Peter. Edmund, je crois que tu as raison ! Dans ce cas, il y aurait vraiment des siècles que nous avons vécu à Cair Paravel. Et maintenant, nous retournons à Narnia exactement comme si nous étions des croisés, ou des Anglo-Saxons, ou des Bretons, ou n'importe qui, revenant dans l'Angleterre moderne !

– Comme ils vont être émus de nous voir… commença Lucy.

Mais, à cet instant, tout le monde lui dit :

– Chut ! Regarde !

Car il se passait quelque chose.

Il y avait, sur la terre ferme, légèrement à droite, un promontoire couvert d'arbres, et les enfants étaient persuadés que c'était juste au-delà de ce promontoire que devait se trouver l'embouchure de la Grande Rivière de

Narnia. Or voici que, contournant cette pointe, venait d'apparaître un bateau. Lorsqu'il eut complètement doublé la pointe, il changea de cap et, s'engageant dans le chenal, se dirigea vers eux. Deux personnes se trouvaient à bord : l'une ramait, l'autre était assise près du gouvernail et tenait un gros paquet qui remuait et se convulsait avec des soubresauts saccadés, comme s'il était vivant. Ces deux personnages avaient l'air d'être des soldats. Ils portaient des coiffes de fer sur leurs têtes, et de légères cottes de mailles. Leurs visages étaient barbus et implacables. Les enfants quittèrent la plage, se réfugièrent dans le bois et observèrent ce qui allait se passer sans remuer le bout d'un doigt.

— Cela ira ! cria le soldat qui était à l'arrière, au moment où le bateau arrivait presque en face d'eux.

— Caporal, si l'on attachait une pierre à ses pieds ? suggéra l'autre, appuyé sur ses avirons.

— Allons donc ! gronda le premier. Ce n'est pas nécessaire, et nous n'avons pas apporté de pierre. Il n'en aura pas besoin pour se noyer, du moment que nous avons bien attaché les cordes.

À ces mots, il se mit debout et souleva le paquet. Peter vit alors que ce paquet était vraiment vivant : c'était, en réalité, un nain, qui avait les pieds et les mains liés, mais qui se débattait tant qu'il pouvait. Une seconde plus tard, Peter entendit un petit claquement sec juste à côté de son oreille ; au même instant, le soldat leva les bras en l'air, laissant ainsi le nain choir au fond du bateau, puis tomba à la renverse dans l'eau. Il pataugea vers l'autre rive, et Peter comprit que la flèche de Susan n'avait touché que son casque. Il se retourna, aperçut qu'elle était très pâle, mais qu'elle était déjà en train d'en ajuster une seconde sur sa corde. Mais cette flèche ne servit pas. Car, dès qu'il vit son compagnon tomber, l'autre soldat, avec un cri perçant, sauta du bateau dans la direction opposée, pataugea, lui aussi, tant bien que mal jusqu'à terre et disparut dans les bois.

— Vite ! Avant qu'il ne dérive ! cria Peter.

Susan et lui plongèrent tout habillés et, avant que l'eau n'ait atteint leurs épaules, ils avaient agrippé le bord du bateau. En quelques secondes, ils eurent halé la barque sur la rive et soulevé le nain pour l'en faire sortir ; puis Edmund s'affaira activement à trancher ses liens avec le couteau de poche. (L'épée de Peter aurait été plus tranchante, mais une épée n'est guère commode pour ce genre de travail, parce que l'on ne peut pas la tenir plus bas que la garde.) Quand enfin il fut libéré, le nain se redressa, frotta ses bras et ses jambes et s'exclama :

— Eh bien, en dépit de ce qu'ils disent, vous ne donnez pas l'impression d'être des fantômes.

Comme la plupart des nains, il était très trapu et sa poitrine était fort large. Il aurait mesuré quatre-vingt-dix centimètres environ, s'il s'était tenu debout ; une immense barbe et des moustaches au poil rude et rouge dissimulaient presque entièrement son visage, ne laissant apparaître qu'un nez semblable à un bec et des petits yeux noirs pétillants.

— Quoi qu'il en soit, continua-t-il, fantômes ou non, vous m'avez sauvé la vie et je vous en suis extrêmement reconnaissant.

— Mais pourquoi devrions-nous être des fantômes ? s'étonna Lucy.

— Toute ma vie, répondit le nain, j'ai entendu dire que les bois qui bordaient ce rivage contenaient autant de fantômes que d'arbres. Telle est l'histoire que l'on raconte. C'est la raison pour laquelle, lorsqu'ils veulent se débarrasser de quelqu'un, ils le conduisent généralement ici, comme ils l'ont fait pour moi, et prétendent qu'ils vont l'abandonner aux fantômes. Mais je me suis toujours demandé si, en réalité, ils ne les noyaient pas, ou alors s'ils ne leur coupaient pas la gorge. Je n'ai jamais complètement cru aux fantômes. En revanche, ces deux lâches, sur lesquels vous avez tiré une flèche, y croyaient dur comme fer. Ils étaient plus effrayés de me conduire à la mort que je ne l'étais moi-même d'y aller !

— Oh ! s'exclama Susan. C'est donc pour cette raison qu'ils se sont enfuis.

— Eh ! Que dites-vous ? demanda le nain.

— Ils se sont sauvés, dit Edmund. À terre.

— Vous comprenez, je n'ai pas tiré pour tuer, expliqua Susan.

Elle n'aurait pas aimé que quelqu'un puisse penser qu'elle avait manqué son but à une si courte distance.

— Hum… grommela le nain. Ce n'est pas bien. Cela peut créer des difficultés pour plus tard. À moins que, dans leur propre intérêt, ils ne tiennent leur langue…

— Pour quelle raison étaient-ils sur le point de vous noyer ? interrogea Peter.

— Oh ! Je suis un criminel, un dangereux criminel ! répondit le nain gaiement. Mais c'est une longue histoire et, en attendant que je vous la raconte, je me demandais si vous aviez l'intention de m'inviter à petit-déjeuner. Vous ne pouvez pas imaginer combien la perspective d'être exécuté ouvre l'appétit !

– Nous n'avons que des pommes, avoua tristement Lucy.

– C'est mieux que rien, mais ce n'est pas aussi bon que du poisson fraîchement pêché, remarqua le nain. J'ai l'impression que c'est plutôt moi qui vais devoir vous inviter à petit-déjeuner. J'ai repéré un attirail de pêche au fond de la barque. Et, de toute façon, cette barque, nous devons l'emmener de l'autre côté de l'île, car je n'ai pas envie que, de terre, quelqu'un puisse l'apercevoir.

– J'aurais dû y penser moi-même, murmura Peter.

Les quatre enfants et le nain descendirent au bord de l'eau, y poussèrent le bateau, non sans quelques difficultés puis, en se bousculant, se hissèrent à bord tous à la fois. Le nain prit immédiatement le commandement. Les rames étaient, bien entendu, trop grandes pour qu'il s'en serve, et c'est donc Peter qui rama, mais c'est le nain qui les dirigea vers le nord, en suivant le chenal, et ensuite vers l'est, en contournant la pointe de l'île. De là, les enfants purent apercevoir le cours de la rivière, et puis, au-delà, toutes les criques et tous les caps de la côte. Ils pensaient qu'ils pourraient reconnaître certaines parties, mais les bois, qui s'étaient considérablement développés depuis leur époque, modifiaient totalement l'aspect des lieux.

Lorsqu'ils furent arrivés en pleine mer, à l'est de l'île,

le nain lança sa ligne. Ils firent une excellente pêche d'un magnifique poisson couleur arc-en-ciel qu'ils se rappelaient tous avoir dégusté autrefois, à Cair Paravel. Quand ils en eurent attrapé suffisamment, ils pointèrent leur bateau vers une petite crique et ils l'amarrèrent à un arbre. Le nain, qui était une personne de grand talent (à vrai dire, bien que l'on rencontre parfois des nains méchants, je n'ai jamais entendu parler d'un nain qui soit idiot), le nain, donc, ouvrit les poissons, les nettoya et déclara :

— Ce qu'il nous faut, maintenant, c'est du bois pour faire un feu !

— Nous en avons là-haut, au château, dit Edmund.

Le nain émit un petit sifflement.

— Barbiches et bois de lits ! s'exclama-t-il. Alors, il y a vraiment un château ?

— Ce n'est qu'une ruine, précisa Lucy.

Le nain les regarda fixement tous les quatre, avec une expression très étrange sur le visage.

— Et qui diable… commença-t-il, mais il s'interrompit pour dire : Cela ne fait rien. D'abord notre petit déjeuner ! Mais, auparavant, une seule question : pouvez-vous mettre votre main sur votre cœur et m'assurer que je suis réellement vivant ? Êtes-vous certains que je n'ai pas été noyé ? Êtes-vous certains que nous ne sommes pas tous des fantômes ?

Une fois qu'ils l'eurent tous rassuré, ils s'attaquèrent au problème suivant, à savoir comment transporter les poissons. Ils n'avaient rien sur quoi les ficeler, et guère de paniers. Ils furent finalement obligés d'utiliser le chapeau d'Edmund (le sien, parce que personne d'autre n'en avait !). Il aurait protesté avec beaucoup plus d'énergie s'il n'avait pas eu aussi cruellement faim.

Au début, le nain ne parut pas très à son aise dans le château. Il ne cessait de regarder autour de lui, de renifler avec méfiance et de dire :

– Hum… Il a quand même l'air un peu hanté… Et cela sent les fantômes !

Mais il se ragaillardit quand vint le moment d'allumer le feu et de montrer aux enfants comment rôtir des poissons frais sous la cendre. Manger du poisson brûlant sans fourchette, avec un seul canif pour cinq personnes, est une besogne périlleuse et salissante, et il y eut beaucoup de doigts brûlés avant la fin du repas ! Mais comme il était déjà neuf heures du matin, et qu'ils étaient debout depuis cinq heures, aucun des enfants, contrairement à toute attente, ne se soucia outre mesure de ces brûlures. Quand chacun eut terminé son repas, avec une pomme ou deux, et une rasade d'eau du puits, le nain sortit une pipe qui avait à peu près la taille de son bras, la bourra, l'alluma, en tira un gros nuage d'une fumée odorante, et déclara :

– Allons-y !

– Vous nous raconterez votre histoire en premier, suggéra Peter. Et puis nous vous raconterons la nôtre.

– Bien, accepta le nain. Puisque vous m'avez sauvé la vie, ce n'est que justice que vous décidiez à votre guise. Mais je ne sais pas très bien par où commencer. Avant toute chose, je suis un messager du roi Caspian.

– Qui est-ce ? demandèrent quatre voix à la fois.

— Caspian le Dixième, roi de Narnia, et puisse-t-il régner très longtemps ! répondit le nain. C'est-à-dire qu'il devrait être roi de Narnia, et que nous espérons qu'il le sera. Pour le moment, il est seulement notre roi à nous, les Anciens Narniens…

— Que voulez-vous dire par *Anciens* Narniens, s'il vous plaît ? demanda Lucy.

— Eh bien, c'est nous, dit le nain. Je suppose que nous sommes, en quelque sorte, des rebelles.

— Je comprends, dit Peter, et Caspian est le principal Ancien Narnien.

— Si l'on veut ; c'est une façon de parler, dit le nain, en se grattant la tête. Car, en réalité, Caspian est lui-même un Nouveau Narnien, un Telmarin, vous me suivez ?

— Non ! dit Edmund.

— C'est plus compliqué que la guerre des Deux-Roses, gémit Lucy.

— Oh ! là là ! s'excusa le nain. Je raconte cela très mal. Écoutez : je crois que je dois reprendre tout au commencement, et vous expliquer comment Caspian a grandi à la cour de son oncle, et comment il en est venu à se ranger de notre côté. Mais ce sera une longue histoire.

— Tant mieux ! s'écria Lucy. Nous adorons les histoires !

Alors le nain s'installa commodément et raconta son histoire. Je ne vais pas vous la rapporter mot à mot, avec toutes les questions et interruptions des enfants, parce que cela prendrait trop longtemps, que ce serait embrouillé et confus. Mais voici plutôt l'essentiel de l'histoire, telle que les enfants finirent par la connaître.

Chapitre 4

Le nain raconte l'histoire du prince Caspian

Le prince Caspian vivait dans un grand château au cœur de Narnia, avec son oncle, Miraz, le roi de Narnia, et sa tante, la reine Prunaprismia, qui avait des cheveux roux. Son père et sa mère étaient morts, et la personne que Caspian aimait le plus au monde était sa nourrice ; et, bien qu'il possédât des jouets magnifiques (puisqu'il était un prince), des jouets qui pouvaient faire presque tout, sauf parler, ce qu'il préférait, c'était la dernière heure de la journée, quand les jouets avaient été rangés dans leurs armoires, et que sa nourrice lui racontait des histoires.

Il ne se souciait pas beaucoup de son oncle ni de sa tante mais, environ deux fois par semaine, son oncle l'envoyait chercher et, ensemble, ils se promenaient de long en large, pendant une bonne demi-heure, sur la terrasse qui longe l'aile sud du château. Un jour, alors qu'ils déambulaient ainsi, le roi lui dit :

— Eh bien, mon garçon, nous devrons bientôt vous enseigner à monter à cheval et à manier l'épée. Vous savez que votre tante et moi-même n'avons pas d'enfants, aussi est-il très probable qu'il vous faudra être roi lorsque j'aurai disparu. Cela vous plaira-t-il ?

— Je ne sais pas, mon oncle, répondit Caspian.

— Vous ne savez pas ! s'exclama Miraz. Eh bien, je me demande ce que l'on peut désirer de plus !

— Moi, je désire quelque chose… dit-il.

— Que désirez-vous ? demanda le roi.

— Je… je… je désirerais avoir vécu dans l'Ancien Temps, dit Caspian. (Il n'était qu'un très petit garçon à ce moment-là.)

Jusqu'alors, le roi Miraz avait parlé de cette manière ennuyeuse, propre à certaines grandes personnes, et qui indique clairement qu'elles ne sont pas vraiment intéressées par ce qu'elles disent mais, à cet instant précis, il regarda fixement Caspian.

— Eh ! Qu'est-ce que vous racontez ? dit-il. De quel ancien temps parlez-vous ?

— Comment, vous ne savez pas, mon oncle ? s'étonna Caspian. Le temps où tout était complètement différent. Lorsque les animaux savaient parler, et que d'aimables créatures vivaient dans les rivières et dans les arbres. On les appelait naïades et dryades. Et il y avait des nains. Et il y avait de charmants petits faunes dans tous les bois. Ils avaient des pieds comme ceux des chèvres. Et…

- Ce ne sont que des sornettes pour les bébés ! interrompit sévèrement le roi. Juste bonnes pour les bébés, vous m'entendez ? Vous êtes trop grand pour croire à ces sortes de balivernes ! À votre âge, vous devriez rêver à des batailles et à des aventures, non à des contes de fées.

— Mais il y a eu des batailles et des aventures à cette époque, protesta Caspian. Des aventures prodigieuses. Il y avait, jadis, la Sorcière Blanche, qui se proclama elle-même reine de tout le pays. Et elle fit en sorte que ce soit toujours l'hiver à Narnia. Et puis deux petits garçons et deux petites filles vinrent d'ailleurs, et tuèrent la sorcière, et on les couronna rois et reines de Narnia. Ils s'appelaient Peter, Susan, Edmund et Lucy. Et ils régnèrent ainsi il y a bien longtemps, et chacun était très heureux, et tout cela était arrivé grâce à Aslan…

— Qui est-ce ? demanda Miraz.

Et si Caspian avait été un peu plus âgé, le ton de la voix de son oncle l'aurait averti qu'il était plus prudent de se taire. Mais il continua à babiller :

— Oh ! Vous ne savez pas ? dit-il. Aslan est le grand Lion, qui vient d'au-delà-des-mers.

— Qui vous a raconté toutes ces sornettes ? demanda le roi, d'une voix terrible comme le tonnerre.

Caspian fut effrayé et ne dit rien.

— Votre Altesse Royale, dit le roi Miraz, en lâchant la main de Caspian, qu'il avait tenue jusqu'à ce moment, je veux que vous me répondiez. Regardez-moi en face. Qui vous a raconté ce tas de mensonges ?

— Ma… ma nourrice, avoua-t-il en hésitant.

Et il fondit en larmes.

— Cessez ce bruit, commanda son oncle en le saisissant par les épaules et en le secouant. Cessez immédiatement. Et que je ne vous reprenne plus jamais à parler de toutes ces histoires stupides, ni même à y penser. Ces rois et ces reines n'ont jamais existé. Comment aurait-il pu y avoir deux rois en même temps ? Et il n'existe personne comme Aslan. Et les lions n'existent pas. Et il n'y a jamais eu une époque où les animaux savaient parler. Vous m'entendez ?

— Oui, mon oncle, répondit Caspian en sanglotant.

— Alors, n'en parlons plus, conclut le roi.

Puis il appela l'un des gentilshommes qui se tenaient à l'autre bout de la terrasse et ordonna d'une voix froide :

— Reconduisez Son Altesse Royale à ses appartements et envoyez-moi la nourrice de Son Altesse Royale immédiatement.

Le lendemain, Caspian comprit quelle terrible erreur il avait commise, car sa nourrice avait été renvoyée, sans même être autorisée à lui dire au revoir, et il fut averti qu'il aurait désormais un précepteur.

Caspian souffrit amèrement de l'absence de sa nourrice et versa des torrents de larmes ; et, parce qu'il était si profondément malheureux, il pensa aux histoires anciennes de Narnia beaucoup plus souvent qu'avant. Chaque nuit, il rêvait de nains et de dryades, et il essayait très assidûment de faire parler les chiens et les chats du château. Mais les chiens se contentaient de remuer la queue, et les chats, de ronronner.

Caspian était certain qu'il détesterait son nouveau précepteur mais, lorsque celui-ci arriva, environ une semaine plus tard, il se trouva qu'il était de ces personnes qu'on ne peut pas s'empêcher d'aimer. C'était l'homme le plus petit, et aussi le plus gros que Caspian ait jamais vu. Il avait une longue barbe, argentée et pointue, qui lui descendait jusqu'à la taille, et son visage, qui était brun et couvert de rides, paraissait très sage, très laid et très bienveillant. Sa voix était grave et ses yeux extrêmement joyeux, si bien qu'avant de le connaître vraiment bien, il était difficile de savoir quand il plaisantait et quand il était sérieux. Il s'appelait docteur Cornelius.

De tous ses cours avec le docteur Cornelius, celui que Caspian préférait était le cours d'histoire. Jusqu'à présent, à part les contes de sa nourrice, il avait tout ignoré de l'histoire de Narnia ; et il fut très surpris d'apprendre que la famille royale était nouvelle venue dans le pays.

– C'est l'ancêtre de Votre Altesse, Caspian Ier, qui le premier a conquis Narnia et en a fait son royaume, expliqua le docteur Cornelius. C'est lui qui introduisit tout votre peuple dans ce pays. Vous n'êtes aucunement des Narniens. Vous êtes tous des Telmarins, c'est-à-dire que vous venez du pays de Telmar, situé bien au-delà des montagnes de l'Ouest. C'est pourquoi on appelle Caspian Ier : Caspian le Conquérant.

– Pouvez-vous me dire, docteur, demanda un jour Caspian, qui vivait à Narnia avant que nous ne quittions Telmar pour venir tous ici ?

— Il n'y avait pas d'hommes, ou tout du moins très peu, qui vivaient à Narnia avant que les Telmarins ne s'en emparent, répondit le docteur Cornelius.

— Mais alors, qui mes ancêtres ont vaincu ?

— Qui mes ancêtres ont-ils vaincu, Votre Altesse, corrigea le docteur Cornelius. Je pense qu'il est grand temps de passer de l'histoire à la grammaire.

— Oh ! Je vous en prie, pas encore, supplia Caspian. Je veux dire : n'y a-t-il pas eu de bataille ? Pourquoi l'appelle-t-on Caspian le Conquérant s'il n'y avait personne ici pour lutter contre lui ?

— J'ai dit qu'il y avait très peu d'hommes à Narnia, répondit le docteur et, à travers ses grosses lunettes, il regarda le petit garçon d'un air très étrange.

Pendant quelques instants, Caspian demeura perplexe et puis, soudain, son cœur bondit dans sa poitrine.

— Voulez-vous dire, demanda-t-il, haletant, qu'il y avait d'autres choses ? Voulez-vous dire que c'était comme dans les contes ? Y avait-il des… ?

— Chut ! murmura le docteur Cornelius, en approchant sa tête de celle de Caspian. Pas un mot de plus. Ne savez-vous pas que votre nourrice a été renvoyée parce qu'elle vous avait parlé de l'Ancien Narnia ? Le roi n'aime pas cela. S'il me surprenait en train de vous raconter des secrets, vous seriez fouetté, et j'aurais la tête coupée.

— Mais pourquoi ? demanda Caspian.

— Il est grand temps que nous nous mettions à la grammaire maintenant, déclara le docteur Cornelius à haute voix. Votre Altesse Royale daignerait-elle ouvrir, à la page 4, l'ouvrage de Pulverulentus Siccus intitulé : *Le Jardin grammatical ou les Charmilles de la morphologie plaisamment exposées aux jeunes esprits* ?

Ensuite, il ne fut plus question que de substantifs et de verbes jusqu'à l'heure du déjeuner, mais je ne pense pas que Caspian apprit grand-chose. Il était convaincu que le docteur Cornelius ne lui aurait pas tant parlé s'il n'avait pas eu l'intention de lui en dire plus, tôt ou tard.

Son espoir ne fut pas déçu. Quelques jours plus tard, son précepteur lui déclara :

– Cette nuit, je vais vous donner une leçon d'astronomie. Au milieu de la nuit, deux nobles planètes, Tarva et Alambil, vont passer à moins d'un degré l'une de l'autre. Une telle conjonction ne s'est pas produite depuis deux cents ans, et Votre Altesse ne la reverra pas de son vivant. Il sera préférable que vous vous couchiez un peu plus tôt que d'habitude. Quand le moment de la rencontre approchera, je viendrai vous réveiller.

Cette leçon d'astronomie ne semblait pas avoir le moindre rapport avec les histoires de l'Ancien Narnia, qui étaient ce que Caspian désirait par-dessus tout connaître, mais se lever au milieu de la nuit est toujours une expérience intéressante, et il était, dans le fond, assez content. Quand, le soir venu, il alla se coucher, il crut d'abord qu'il ne pourrait jamais s'endormir ; et pourtant, il ne tarda pas à s'assoupir et il lui sembla que quelques minutes seulement s'étaient écoulées lorsqu'il sentit que quelqu'un le secouait doucement.

Il se redressa dans son lit et vit que sa chambre était tout illuminée par le clair de lune. Le docteur Cornelius, emmitouflé dans une houppelande à capuchon, une petite lampe à la main, se tenait à son chevet. Caspian se rappela d'un seul coup ce qu'ils allaient faire. Il se leva et s'habilla. Bien qu'on fût en été, la nuit était plus froide qu'il ne l'aurait imaginé, et il fut très heureux que le docteur l'enveloppe dans une houppelande semblable à la sienne, et lui donne une paire de chaussures montantes, souples et chaudes. Un moment plus tard, tous deux dissimulés dans leurs houppelandes de façon à être presque invisibles, le long des sombres corridors, et tous deux chaussés de manière à ne faire pratiquement aucun bruit, le maître et l'élève quittèrent la chambre.

À la suite du docteur, Caspian emprunta de nombreux couloirs, grimpa plusieurs escaliers et, finalement, par une petite porte dans une tourelle, ils sortirent au-dessus des plombs. D'un côté, il y avait les créneaux, de l'autre, la pente à pic du toit ; à leurs pieds, baignés d'ombre et de clarté, les jardins du château ; au-dessus de leurs têtes, les étoiles et la lune. Puis ils rejoignirent une autre porte qui conduisait à l'intérieur de la grande cour centrale du château : avec une clé, le docteur Cornelius l'ouvrit et ils entreprirent de grimper les marches de l'escalier sombre qui montait en colimaçon jusqu'au sommet. La curiosité de Caspian commença d'être piquée : il n'avait jamais été autorisé à gravir cet escalier auparavant.

Il était raide et interminable, mais quand ils émergèrent sur le toit, et que Caspian eut retrouvé son souffle, il se rendit compte que cet effort valait vraiment la peine. Au loin, sur sa droite, il pouvait voir, d'une façon plutôt floue, les montagnes de l'Ouest. Sur sa gauche étincelait la Grande Rivière, et tout était si tranquille qu'il pouvait entendre le grondement de la chute d'eau, à Beaversdam, distant de plus d'un kilomètre. Ce ne fut pas difficile de repérer les deux étoiles qu'ils étaient venus voir. Elles étaient situées assez bas, dans la partie sud du ciel, presque aussi lumineuses que deux petites lunes, et très proches l'une de l'autre.

— Vont-elles entrer en collision ? demanda-t-il d'une voix frissonnante.

— Non, cher prince, répondit le docteur (et lui aussi chuchotait). Les grands seigneurs du ciel supérieur connaissent trop bien les pas de leur danse pour permettre un tel accident ! Examinez attentivement ces étoiles. Leur rencontre est propice et annonce une bonne nouvelle pour le triste royaume de Narnia. Tarva, le Seigneur de la Victoire, salue Alambil, la Dame de la Paix. Elles atteignent en ce moment leur position la plus rapprochée.

— C'est dommage que cet arbre bouche la vue, regretta Caspian. Nous aurions été mieux sur la tour ouest, même si elle n'est pas aussi haute.

Le docteur Cornelius ne dit rien pendant deux minutes environ mais resta immobile, les yeux fixés sur Tarva et Alambil. Puis il respira profondément et se tourna vers Caspian.

— Voilà, dit-il, vous avez vu ce qu'aucun homme

vivant aujourd'hui n'a vu ni ne reverra. Et vous avez raison. Nous aurions été mieux sur la petite tour pour contempler ce spectacle. Mais je vous ai conduit ici pour une autre raison.

Caspian regarda le docteur, mais son capuchon lui cachait presque entièrement le visage.

— L'avantage de cette tour, expliqua le docteur Cornelius, réside dans le fait que nous avons six salles vides en dessous de nous, plus un très long escalier, et que la porte, au pied de l'escalier, est fermée à clé. Nous ne pouvons pas être entendus.

— Allez-vous me révéler ce que vous ne vouliez pas me dire l'autre jour ? demanda Caspian.

— Oui, dit le docteur. Mais, rappelez-vous ceci : vous et moi ne devons jamais parler de ces choses ailleurs qu'ici, tout en haut de la grande tour.

— Je ne l'oublierai pas, c'est promis, assura Caspian. Mais, commencez, je vous en prie.

— Écoutez bien, dit le docteur. Tout ce que vous avez entendu raconter au sujet de l'Ancien Narnia est vrai. Ce n'est pas la terre des hommes. C'est la contrée d'Aslan, la contrée des arbres animés et des naïades visibles, des faunes et des satyres, des nains et des géants, des dieux et des centaures, des bêtes qui parlent. C'est contre eux que lutta le premier Caspian. C'est vous, les Telmarins, qui avez fait taire les animaux, les arbres et les fontaines, qui avez tué ou chassé les nains et les faunes, et qui, maintenant, essayez d'en étouffer jusqu'au souvenir. Le roi ne permet pas que l'on en parle.

— Oh ! J'aimerais tant que nous n'ayons pas fait cela !

dit Caspian. Et je suis heureux que tout soit vrai, même si c'est terminé…

— Beaucoup de gens de votre race souhaitent la même chose que vous en secret, révéla le docteur Cornelius.

— Mais, docteur, s'étonna Caspian, pourquoi dites-vous ma race ? Après tout, je suppose que vous êtes un Telmarin, vous aussi ?

— En suis-je un ? demanda-t-il.

— De toute façon, vous êtes un homme, dit Caspian.

— En suis-je un ? répéta le docteur, d'une voix plus profonde, et en rejetant brusquement en arrière son capuchon, afin que Caspian puisse voir nettement son visage dans le clair de lune.

D'un seul coup, il comprit la vérité et il se rendit compte qu'il aurait dû la comprendre beaucoup plus tôt. Le docteur Cornelius était si petit, si gras, et il avait une barbe si longue ! Deux pensées l'assaillirent au même moment. L'une était une pensée de terreur : « Ce n'est pas un vrai homme, ce n'est pas un homme du tout, c'est un nain, et il m'a conduit ici pour me tuer ! » L'autre pensée était de joie pure : « Il existe encore de vrais nains, et j'en ai vu un, enfin ! »

— Ainsi, vous avez fini par deviner, dit le docteur Cornelius. Ou plutôt, presque deviner. Je ne suis pas un pur nain. J'ai aussi du sang humain. Beaucoup de nains réchappèrent des grandes batailles et continuèrent à vivre, rasant leurs barbes, portant des chaussures à hauts talons et faisant semblant d'être des hommes. Ils se sont alliés à vos Telmarins. J'appartiens à cette catégorie. Je ne suis nain qu'à moitié, et si quelques-uns de mes parents, les vrais nains, sont encore vivants, quelque part dans le monde, il ne fait aucun doute qu'ils me mépriseront et diront que je suis un traître. Mais, jamais au cours de toutes ces années, nous n'avons oublié notre peuple, ni toutes les autres créatures heureuses de Narnia, ni les jours de liberté depuis si longtemps perdus.

– Je… je suis désolé, docteur, balbutia Caspian. Ce n'était pas ma faute, vous savez…

– Je ne dis pas ces choses pour vous blâmer, cher prince, répondit-il. Vous devez vous demander pourquoi je les dis. J'ai deux raisons. D'abord, parce que mon vieux cœur a porté ces souvenirs secrets pendant si longtemps qu'il est écrasé de douleur, et qu'il éclatera s'il ne vous les confie pas. Et ensuite, pour ceci : lorsque vous serez roi, vous pourrez nous aider, car je sais que vous aussi, bien que vous soyez un Telmarin, vous aimez les choses anciennes.

– Oui, je les aime ! confirma Caspian. Mais comment puis-je vous aider ?

– Vous pouvez être bon pour les pauvres survivants du peuple des nains, comme moi-même. Vous pouvez rassembler des magiciens très savants et essayer de réveiller les arbres. Vous pouvez faire des recherches dans tous les recoins et lieux sauvages du pays, pour voir si, par hasard, quelques faunes, quelques bêtes qui parlent ou quelques nains y vivent encore, dans la clandestinité.

– Vous pensez qu'il en existe encore ? demanda Caspian, avec une curiosité passionnée.

— Je ne sais pas, je ne sais pas, répondit le docteur, en poussant un profond soupir. Parfois j'ai peur que cela ne soit pas possible. J'ai cherché des traces de leur existence durant toute ma vie. Quelquefois, la nuit, dans les bois, j'ai cru entrevoir des faunes et des satyres qui dansaient au loin mais, lorsque j'arrivais sur place, il n'y avait jamais rien. J'ai souvent désespéré, mais toujours quelque chose se produisait qui ressuscitait mon espoir ! Je ne sais pas. Mais au moins pouvez-vous essayer d'être un roi tel que le fut, dans le passé, le roi suprême Peter, et non votre oncle.

— Elles sont donc vraies, les histoires que l'on raconte au sujet des rois, et des reines et de la Sorcière Blanche ? demanda Caspian.

— Naturellement ! répondit Cornelius. Leur règne fut l'Âge d'Or de Narnia, et le pays ne les a jamais oubliés.

— Vivaient-ils dans ce château, docteur ?

— Non, mon cher, dit le vieil homme. Ce château date d'hier. C'est votre arrière-arrière-grand-père qui l'a fait construire. Quand les deux fils d'Adam et les deux filles d'Ève ont été sacrés rois et reines de Narnia par Aslan lui-même, ils vivaient dans le château de Cair Paravel. Aucun homme vivant n'a vu cet endroit béni, et peut-être même les ruines en ont-elles maintenant disparu. Mais nous pensons qu'il se trouvait loin d'ici, à l'embouchure de la Grande Rivière, sur le rivage de la mer

— Brrr ! frissonna Caspian. Vous voulez dire dans les bois Obscurs ? Là où vivent les… les… vous savez, les fantômes ?

— Votre Altesse répète ce qu'on lui a enseigné, dit le docteur. Mais ce ne sont que des mensonges. Il n'y a pas de fantômes là-bas. C'est une histoire inventée par les Telmarins. Vos rois redoutent mortellement la mer, parce qu'ils ne peuvent jamais complètement oublier que dans toutes les histoires Aslan vient d'au-delà-des-mers. Ils ne veulent pas s'en approcher, et ils interdisent que quiconque s'en approche. C'est pourquoi ils ont laissé d'immenses bois se développer, afin de couper leur peuple du rivage. Mais parce qu'ils se sont battus avec les arbres, ils ont peur des bois. Et parce qu'ils ont peur des bois, ils imaginent qu'ils sont remplis de fantômes. Et les rois et les hommes importants, qui haïssent à la fois la mer et les bois, croient en partie à ces histoires, et contribuent en partie à les propager. Ils se sentent plus en sécurité tant que personne à Narnia n'ose descendre vers le rivage, pour contempler la mer, dans la direction du royaume d'Aslan, et de l'aurore, et de l'extrémité orientale du monde.

Durant quelques secondes, il se fit un profond silence entre eux. Puis le docteur Cornelius dit :

— Venez. Nous sommes restés assez longtemps ici. Il faut maintenant descendre nous recoucher.

— Le faut-il vraiment ? demanda Caspian. J'aimerais continuer à parler de ces secrets pendant des heures, et des heures, et des heures.

— Quelqu'un pourrait se mettre à notre recherche, si nous le faisions, répondit le docteur Cornelius.

Chapitre 5

L'aventure de Caspian
dans les montagnes

Par la suite, Caspian et son précepteur eurent beaucoup d'autres conversations secrètes au sommet de la
grande tour et, au cours de chacune d'elles, Caspian
apprit de nouvelles vérités sur l'Ancien Narnia, si bien
que presque toutes ses heures de loisir étaient emplies
par des pensées et des rêves concernant les jours
anciens, et par le désir ardent qu'ils puissent renaître.
Mais, naturellement, il n'avait pas de nombreuses
heures de loisir, car désormais son éducation devenait
très sérieuse. Il apprit à se battre avec l'épée, à monter
à cheval, à nager, à plonger, à tirer à l'arc, à jouer de la
flûte à bec et du théorbe, à chasser à courre le cerf et à
le servir quand il était forcé ; il apprit, en outre, la cos-
mographie, la rhétorique, l'héraldique, la versification,

et, bien entendu, l'histoire, avec un peu de droit, de physique, d'alchimie et d'astronomie. De la magie, il n'étudia que la théorie, car le docteur Cornelius déclara que la partie pratique n'était pas une matière qui convenait aux princes.

— Moi-même, ajouta-t-il, ne suis qu'un magicien très imparfait, qui ne puis accomplir que les expériences mineures.

De la navigation (« qui est un art noble et héroïque », commenta le docteur), on ne lui enseigna rien, parce que le roi Miraz condamnait et les navires et la mer.

Il apprit également beaucoup en se servant de ses yeux et de ses oreilles. Petit garçon, il s'était souvent demandé pourquoi il n'aimait pas sa tante, la reine Prunaprismia ; il se rendit compte alors que c'était parce qu'elle ne l'aimait pas elle-même. Il commença aussi à voir que Narnia était un pays malheureux. Les impôts étaient élevés, les lois sévères et Miraz, un homme cruel.

Quelques années plus tard, il y eut une époque où la reine parut être souffrante, et l'on fit énormément de remue-ménage et d'embarras autour d'elle dans le château ; des docteurs venaient, et les courtisans chuchotaient. C'était au début de l'été. Une nuit, tandis que tout ce branle-bas se poursuivait, Caspian fut éveillé par le docteur Cornelius, alors qu'il ne s'y attendait pas du tout, et qu'il n'avait dormi que quelques heures.

— Allons-nous faire un peu d'astronomie, docteur ? demanda-t-il.

— Chut ! répondit le docteur. Faites-moi confiance,

et agissez exactement comme je vous le dirai. Habillez-vous complètement, car un long voyage vous attend.

Caspian fut extrêmement surpris, mais il avait appris à faire confiance à son précepteur et il se mit immédiatement à faire ce qu'il lui avait commandé. Lorsqu'il fut habillé, le docteur dit :

– J'ai une besace pour vous. Nous devons aller dans la pièce voisine, et la remplir avec des victuailles provenant du souper de Votre Altesse.

– Mes gentilshommes de service seront là, objecta Caspian.

– Ils dorment profondément et ne se réveilleront pas, assura le docteur. Je suis un magicien mineur, mais j'ai quand même le pouvoir d'endormir quelqu'un.

Ils passèrent dans l'antichambre ; là, les deux gentilshommes de service étaient effectivement affalés sur leurs chaises et ils ronflaient bruyamment. Le docteur Cornelius découpa rapidement les restes d'un poulet froid, ainsi que quelques tranches de venaison et il les glissa, avec du pain, une pomme et une petite gourde de bon vin, dans la besace qu'il tendit ensuite à Caspian. Elle s'ajustait par une courroie passée au-dessus de l'épaule, exactement comme une sacoche que vous utiliseriez pour emporter vos livres en classe.

– Avez-vous votre épée ? demanda le docteur.

– Oui, dit Caspian.

– Alors, enveloppez-vous dans ce manteau, pour cacher l'épée et la besace. Parfait. Et maintenant, nous devons monter à la grande tour, afin de parler.

Lorsqu'ils eurent atteint le sommet de la tour (le ciel

était couvert et la nuit, sombre, bien différente de celle au cours de laquelle ils avaient observé la conjonction de Tarva et d'Alambil), le docteur Cornelius déclara :

— Cher prince, vous devez quitter ce château sur-le-champ, et partir à l'aventure de par le vaste monde. Votre vie est en danger ici.

— Pourquoi ? demanda Caspian.

— Parce que vous êtes le vrai roi de Narnia : Caspian le Dixième, fils et héritier de Caspian le Neuvième. Longue vie à Votre Majesté !

Et soudain, à la grande surprise de Caspian, le petit homme mit un genou à terre et lui baisa la main.

— Qu'est-ce que tout cela signifie ? Je ne comprends pas... murmura-t-il.

— Je m'étonne, dit le docteur, que vous ne m'ayez jamais demandé pourquoi, étant le fils du roi Caspian, vous n'étiez pas roi vous-même. Tout le monde, à l'exception de Votre Majesté, sait que Miraz est un usurpateur. Lorsqu'il commença à régner, il n'osa pas prétendre au titre de roi ; il se fit appeler : seigneur protecteur. Mais ensuite votre royale mère mourut, la douce reine et la seule personne de la race des Telmarins qui ait jamais été bienveillante à mon égard. Et puis, un par un, tous les nobles seigneurs qui avaient connu votre père moururent ou disparurent. Ce ne fut pas un hasard, non plus... C'est Miraz qui les a éliminés. Belizar et Uvilas furent tués par des flèches, au cours d'une chasse ; accidentellement, prétendit-on. Tous les membres de la noble maison des Passarides, il les envoya combattre les géants sur la frontière nord, et les y laissa jusqu'à ce que, les uns après les autres, ils soient tous tombés. Arlian, Erimon, et une douzaine d'autres, il les exécuta pour trahison, en s'appuyant sur une fausse accusation. Les deux frères de Beaversdam, il les fit enfermer comme fous. Pour finir, il persuada les sept nobles seigneurs qui, seuls parmi tous les Telmarins, n'avaient pas peur de la mer, de s'embarquer sur un bateau à voile et de partir à la recherche de nouvelles terres, au-delà de la mer Orientale ; et, comme il l'espérait, ils ne revinrent jamais de leur expédition. Et quand il n'y eut plus personne pour parler en votre faveur, ses courtisans, suivant ses propres instructions, le supplièrent de devenir roi. Et, bien entendu, il le devint.

— Vous voulez dire que, maintenant, c'est moi qu'il désire tuer ? dit Caspian.

— C'est presque certain, répondit le docteur Cornelius.

— Mais pourquoi maintenant ? demanda-t-il. Je veux dire : pourquoi ne l'a-t-il pas fait il y a longtemps, si telle était sa volonté ? Quel mal lui ai-je fait ?

— Il a changé d'avis à votre sujet à cause d'un événement qui s'est produit il y a à peine deux heures. La reine a eu un fils.

— Je ne vois pas quel est le rapport, dit Caspian.

— Vous ne voyez pas ! s'exclama le docteur. Toutes mes leçons d'histoire et de politique ne vous ont-elles pas mieux instruit que cela ? Écoutez. Aussi longtemps qu'il n'avait pas d'enfant, Miraz voulait bien que vous soyez roi après sa mort. Peut-être ne se souciait-il pas beaucoup de vous, mais il préférait tout de même que ce soit vous qui ayez le trône, plutôt qu'un étranger. Maintenant qu'il a un fils à lui, il voudra que son propre fils soit le prochain roi. Vous le gênez. Il se débarrassera de vous.

– Est-il aussi mauvais que cela ? M'assassinerait-il réellement ?

– Il a assassiné votre père, répondit le docteur Cornelius.

Caspian se sentit tout bizarre et ne dit rien.

– Je peux vous raconter l'histoire entière, poursuivit le docteur. Mais pas maintenant. Nous n'avons pas le temps. Vous devez fuir immédiatement !

– Viendrez-vous avec moi ? demanda Caspian.

– Je n'ose pas, dit le docteur. Vous seriez en plus grand danger encore. Deux personnes se repèrent plus facilement qu'une seule. Cher prince, cher roi Caspian, il vous faut être très courageux. Vous devez partir seul, et tout de suite. Essayez de franchir la frontière sud et d'aller à la cour du roi Naïn. Il sera bon pour vous.

– Vous reverrai-je ? demanda Caspian, d'une voix tremblante.

– Je l'espère, cher roi, dit le docteur. À travers le vaste monde, ai-je un autre ami que Votre Majesté ? Et je possède un petit pouvoir magique.. Mais, pour le moment, la vitesse est essentielle. Voici deux cadeaux, avant que vous ne partiez. D'abord, une petite bourse qui contient de l'or. Hélas, c'est toute la richesse de ce château qui devrait, légalement, vous appartenir ! Puis quelque chose d'infiniment plus précieux.

Il mit dans les mains de Caspian un objet, qu'il pouvait à peine voir, à cause de l'obscurité, mais qu'il identifia par le toucher : c'était une trompe de chasse.

— Voici le plus grand et le plus sacré des trésors de Narnia, déclara le docteur Cornelius. Nombreuses sont les terreurs que j'ai endurées, nombreuses les paroles magiques que j'ai prononcées pour la retrouver, lorsque j'étais encore tout jeune… C'est la trompe magique de la reine Susan : elle l'a oubliée quand elle a disparu de Narnia, à la fin de l'Âge d'Or. On dit que quiconque souffle dans cette trompe recevra une aide mystérieuse — mais personne ne peut présager l'étendue de ce mystère. Peut-être aura-t-elle le pouvoir de faire revenir du passé la reine Lucy, le roi Edmund, la reine Susan et le roi suprême Peter et, dans ce cas, ils remettront toutes les choses en ordre. Peut-être fera-t-elle appel à Aslan lui-même. Prenez-la, roi Caspian : mais ne vous en servez qu'en tout dernier recours. Et maintenant, vite, vite, vite. La petite porte, en bas de la tour, celle qui conduit dans le jardin, est ouverte. Là, nous devrons nous séparer.

— Puis-je prendre mon cheval Destrier ?

— Il est déjà sellé, et vous attend au coin du verger.

Durant la longue descente de cet escalier en colimaçon, Cornelius lui donna, en chuchotant, encore beaucoup de directives et de conseils. Caspian avait le cœur serré, mais il essaya de tout retenir. Puis il y eut l'air frais du jardin, une fervente poignée de main au docteur, la course à travers la pelouse, le hennissement joyeux de Destrier, et c'est ainsi que le roi Caspian quitta le château de ses ancêtres. Jetant un regard derrière lui, il vit des feux d'artifice monter dans le ciel, pour célébrer la naissance du nouveau prince.

Toute la nuit il chevaucha vers le sud. Aussi longtemps qu'il se trouva en pays connu, il choisit des chemins de traverse et des sentiers, où seul un cheval pouvait passer ; mais, par la suite, il ne s'éloigna plus de la route principale. Destrier était aussi excité que son maître par ce voyage insolite, et Caspian, bien que les larmes lui soient montées aux yeux au moment de dire au revoir au docteur Cornelius, se sentait plein de courage et, d'une certaine manière, heureux, à la pensée qu'il était le roi Caspian, lancé à l'aventure, avec son épée à son côté gauche, et la trompe de la reine Susan à son côté droit. Toutefois, lorsque le jour se leva, avec quelques gouttes de pluie et que, regardant autour de lui, il se vit entouré par des bois inconnus, des landes sauvages et des montagnes bleues, il mesura à quel point le monde était immense et singulier, et il éprouva avec un certain effroi le sentiment de sa petitesse.

Dès que le jour fut complètement levé, il quitta la route et trouva, au milieu d'un bois, une clairière d'herbes hautes où il pourrait se reposer. Il ôta la bride de Destrier pour qu'il puisse brouter, mangea un peu de poulet froid, but du vin et ne tarda pas à s'endormir. L'après-midi était très avancé lorsqu'il s'éveilla. Il goûta et poursuivit son voyage, toujours en direction du sud, n'empruntant que des chemins non fréquentés. Il circulait à présent dans un pays de collines, avec des côtes et des descentes, mais beaucoup plus de côtes que de descentes. À chaque crête, il voyait les montagnes, devant lui, devenir plus imposantes et plus sombres. Quand le soir tomba, il foulait leurs premiers contreforts. Le vent se leva. Bientôt la pluie tomba à torrents Destrier s'agita : il y avait de l'orage dans l'air. Ils ne tardèrent pas à pénétrer dans une obscure forêt de pins qui paraissait interminable, et toutes les histoires que Caspian avait entendu raconter au sujet d'arbres hostiles à l'homme affluèrent à son esprit. Il se rappela qu'après tout il était un Telmarin, un membre de la race qui abattit les arbres partout où elle le put, de la race qui était en guerre avec toutes les forces sauvages ; et il avait beau être différent des autres Telmarins, il ne pouvait pas s'attendre à ce que les arbres le sachent.

Et ils ne le savaient pas. Le vent se transforma en tempête, les bois mugissaient et craquaient tout autour de lui. Puis il y eut un immense fracas. Un arbre tomba en travers de la route, juste derrière lui.

– Du calme, Destrier ! Du calme ! dit Caspian en caressant l'encolure de son cheval.

Mais il tremblait lui-même et savait qu'il n'avait échappé à la mort que de quelques centimètres.

Un éclair jaillit et un immense coup de tonnerre sembla déchirer le ciel en deux juste au-dessus de leurs têtes. Destrier s'emballa pour de bon. Caspian était un excellent cavalier, mais il n'eut pas la force de retenir son cheval. Il se maintint en selle, mais il savait que sa vie était suspendue à un fil, durant la course folle qui suivit. Les uns après les autres, des arbres surgissaient devant eux, dans les ténèbres, et n'étaient évités que d'extrême justesse. Et soudain, presque trop brutalement pour lui faire mal (et pourtant il eut quand même mal) quelque chose frappa Caspian en plein front, et il perdit connaissance.

Lorsqu'il revint à lui, il était étendu dans un endroit éclairé par la lueur d'un feu, ses membres étaient contusionnés, et il avait terriblement mal à la tête. Des voix chuchotaient non loin de lui.

— Et maintenant, disait l'une, avant qu'il ne se réveille, nous devons décider ce que nous allons faire de lui.

— Le tuer, dit une autre. Nous ne pouvons pas le laisser vivre. Il nous trahirait.

— Nous aurions dû le tuer tout de suite, ou bien l'abandonner, dit une troisième voix. Nous ne pouvons pas le tuer à présent. Pas après que nous l'avons transporté ici, que nous lui avons bandé la tête, et tout, et tout. Ce serait comme de tuer un invité.

— Messieurs, dit Caspian d'une voix très faible, quoi que vous me fassiez, j'espère que vous serez bons pour mon pauvre cheval.

— Votre cheval s'est enfui bien avant que nous ne vous trouvions, répondit la première voix, une voix étrangement rauque et caverneuse, comme Caspian le nota alors.

— Maintenant, ne vous laissez pas embobiner par ses belles paroles, dit la deuxième voix. Je répète…

— Cornes et crustacés ! s'exclama la troisième voix. Bien sûr que nous n'allons pas le tuer. Tu n'as pas honte, Nikabrik ? Que dis-tu, Chasseur-de-Truffes ? Que devons-nous faire ?

– Je vais lui donner à boire, annonça la première voix, vraisemblablement celle de Chasseur-de-Truffes.

Une forme sombre s'approcha du lit. Caspian sentit un bras se glisser doucement sous ses épaules – mais était-ce vraiment un bras ? La forme ne semblait pas tout à fait exacte. La figure qui était penchée vers lui avait l'air un peu bizarre, elle aussi. Caspian eut l'impression qu'elle était très poilue, avec un nez démesurément long, et de curieuses taches blanches de chaque côté de ce nez. « Ce doit être une sorte de masque, pensa-t-il. Ou peut-être ai-je la fièvre, et alors je délire. »

Une tasse contenant un breuvage chaud et sucré fut approchée de ses lèvres et il se mit à boire. À ce moment, l'un des autres personnages tisonna le feu. Une flamme jaillit et Caspian faillit pousser un cri de surprise lorsque la soudaine lumière éclaira le visage qui examinait le sien. Ce n'était pas celui d'un homme, mais celui d'un blaireau, encore qu'il fût plus grand, plus aimable et plus intelligent que tous les visages de blaireaux que Caspian avait pu voir auparavant. Et ce blaireau avait parlé, cela ne faisait aucun doute ! Il vit, par ailleurs, qu'il était étendu sur un lit de bruyère, dans une caverne. Auprès du feu étaient assis deux petits hommes barbus, tellement plus grossiers, plus poilus, plus courtauds et plus trapus que le docteur Cornelius qu'il sut aussitôt que c'étaient de vrais nains, d'anciens nains, sans une seule goutte de sang humain dans leurs veines. Et Caspian comprit qu'il avait enfin découvert les Anciens Narniens. Puis sa tête se remit à tourner.

Les jours suivants, il apprit à les connaître par leurs noms. Le blaireau s'appelait Chasseur-de-Truffes ; il était le plus âgé et le plus aimable des trois. Le nain aigri et revêche, qui avait voulu tuer Caspian, était un nain noir (c'est-à-dire que ses cheveux et sa barbe étaient noirs, épais, et drus comme des crins de cheval). Il s'appelait Nikabrik. L'autre nain était un nain rouge, avec des cheveux qui ressemblaient aux poils d'un renard, et il s'appelait Trompillon.

— Et maintenant, déclara Nikabrik le premier soir où Caspian fut assez fort pour s'asseoir et parler, nous avons toujours à décider ce que nous allons faire de cet humain. Vous pensez tous les deux lui avoir accordé une grande faveur en ne me permettant pas de le tuer. Mais le résultat, je le crains, c'est que nous serons obligés de le garder prisonnier à vie. Je ne le laisserai certainement pas partir vivant, pour qu'il retourne chez les siens et qu'il nous trahisse tous !

— Racines et rigodons ! Nikabrik ! s'écria Trompillon. Pourquoi as-tu besoin de parler avec une telle aigreur ? Ce n'est pas la faute de cette créature, si elle s'est cogné la tête contre un arbre, juste à l'extérieur de notre trou. Et je ne trouve pas qu'elle ait une figure de traître.

— Dites donc, interrompit Caspian, vous ne savez même pas si j'ai envie de retourner chez moi ! Je n'en ai nulle envie ! Je veux rester avec vous, si vous me le permettez. Toute ma vie, j'ai cherché à rencontrer des gens comme vous.

— Voilà la meilleure ! grommela Nikabrik. Vous êtes un Telmarin, et un humain, n'est-ce pas ? Alors il est évident que vous devez avoir envie de retourner chez ceux de votre espèce.

– Eh bien, même si je le désirais, je ne le pourrais pas, expliqua Caspian. Je fuyais pour sauver ma vie, lorsque j'ai eu mon accident. Le roi veut me tuer. Si vous m'aviez tué, vous auriez fait exactement ce qu'il fallait pour lui complaire.

– Bien, bien, dit Chasseur-de-Truffes. Vous m'en direz tant !

– Eh ! s'exclama Trompillon. Qu'est-ce que c'est que cette histoire ? Qu'est-ce que vous avez fait, humain, pour mériter, à votre âge, la colère de Miraz ?

– C'est mon oncle, commença Caspian.

Mais Nikabrik sauta sur ses pieds, la main à son poignard.

– Je vous l'avais bien dit ! hurla-t-il. Non seulement c'est un Telmarin, mais il est un proche parent et l'héritier de notre pire ennemi ! Êtes-vous encore assez fous pour laisser cette créature vivante ?

Il aurait poignardé Caspian sur-le-champ, si le blaireau et Trompillon ne s'étaient interposés, l'obligeant à se rasseoir et le maintenant de force sur son siège.

– À présent, et une fois pour toutes, Nikabrik, vas-tu te tenir tranquille, gronda Trompillon, ou serons-nous contraints, Chasseur-de-Truffes et moi-même, de nous asseoir sur ta tête ?

À contrecœur, Nikabrik promit de bien se conduire, et les deux autres prièrent Caspian de raconter toute son histoire. Lorsqu'il eut terminé, il y eut un moment de silence.

— C'est la chose la plus bizarre que j'aie jamais entendue ! déclara Trompillon.

— Je n'aime pas cela, grogna Nikabrik. Je ne savais pas que l'on racontait encore des histoires à notre sujet chez les humains. Le moins ils en savent sur nous, le mieux c'est ! Et cette vieille nourrice ! Elle aurait mieux fait de tenir sa langue ! Et tout est embrouillé, avec ce précepteur ! Un nain renégat ! Je les hais ! Je les hais encore plus que les humains ! Retenez bien mes paroles : aucun bien ne sortira de cette histoire.

— Ne parle pas des choses que tu ne comprends pas, Nikabrik ! répliqua Chasseur-de-Truffes. Vous, les nains, êtes aussi inconstants et versatiles que les humains eux-mêmes. Je suis une bête, moi, et qui plus est, un blaireau. Nous ne changeons pas. Nous tenons bon. Je déclare qu'un grand bien sortira de cette histoire. C'est le vrai roi de Narnia qui se trouve parmi nous, un vrai roi revenant au vrai Narnia ! Et, même si les nains l'ont oublié, nous, les bêtes, nous nous souvenons que Narnia n'a jamais connu ni justice ni bonheur tant qu'un fils d'Adam n'était pas roi.

— Sifflets et serpentins, Chasseur-de-Truffes ! s'exclama Trompillon. Tu ne veux tout de même pas dire que tu as envie de donner notre pays aux humains ?

— Je n'ai rien dit de pareil, répondit le blaireau. Ce n'est pas le pays des hommes (qui pourrait le savoir mieux que moi ?), mais c'est un pays dont le roi doit être un homme. Nous, les blaireaux, avons la mémoire assez longue pour savoir cela. Et puis, ma foi, le roi suprême Peter n'était-il pas un homme ?

— Crois-tu à toutes ces vieilles histoires ? demanda Trompillon.

— Je vous le répète, nous ne changeons pas, nous les bêtes, répondit Chasseur-de-Truffes. Nous n'oublions rien. Je crois au roi suprême Peter, et aux autres, qui régnèrent à Cair Paravel ; j'y crois aussi fermement qu'à Aslan lui-même.

— Aussi fermement que ça, sans doute, dit Trompillon. Mais qui croit à Aslan de nos jours ?

— Moi, dit Caspian. Et si je n'avais pas cru en lui auparavant, j'y croirais maintenant. Là-bas, chez les humains, les gens qui riaient d'Aslan auraient ri des histoires de nains et de bêtes qui parlent. Quelquefois, je me demandais s'il existait vraiment un être comme Aslan ; mais quelquefois aussi je me demandais s'il existait vraiment des gens comme vous. Or vous voici !

— C'est juste, dit Chasseur-de-Truffes. Vous avez raison, roi Caspian. Et tant que vous serez fidèle à l'Ancien Narnia, vous serez *mon* roi, quoi qu'en disent les autres. Longue vie à Votre Majesté !

— Tu me rends malade, blaireau, grommela Nikabrik. Le roi suprême Peter et les autres étaient peut-être des hommes, mais ils appartenaient à une autre race d'hommes. Celui-ci est l'un de ces maudits Telmarins. Il a chassé à courre des bêtes, pour se divertir. N'est-ce pas ? ajouta-t-il, s'en prenant soudainement à Caspian.

— Pour dire la vérité, oui, je l'ai fait, avoua-t-il. Mais ce n'étaient pas des bêtes qui parlaient.

— N'est-ce pas la même chose ? dit Nikabrik.

— Non, non, non, dit Chasseur-de-Truffes. Tu sais

que ce n'est pas la même chose. Tu sais très bien que les bêtes à Narnia, de nos jours, sont différentes : elles sont devenues les pauvres créatures muettes et sans intelligence que l'on trouve à Calormen ou à Telmar. Elles sont plus petites aussi. Elles diffèrent beaucoup plus de nous que les demi-nains de vous.

Il y eut encore de longues discussions, mais elles se terminèrent par un accord : Caspian devait rester ; et même une promesse : dès qu'il serait capable de sortir, on l'emmènerait voir ce que Trompillon appelait « les autres » car, apparemment, dans ces régions sauvages, toutes sortes de créatures de l'Ancien Temps de Narnia continuaient à vivre en se cachant…

Chapitre 6
Ceux qui vivaient
en se cachant

Alors commença l'époque la plus heureuse que Caspian ait jamais connue. Par un beau matin d'été, alors que l'herbe était encore humide de rosée, il se mit en route avec le blaireau et les deux nains, monta, à travers la forêt, jusqu'à un col assez élevé qui passait entre les montagnes et redescendit, du côté sud, le long de leurs pentes ensoleillées, d'où l'on voyait les plaines verdoyantes et vallonnées d'Archenland.

– Nous irons d'abord chez les trois ours Ventripotent, annonça Trompillon.

Ils se dirigèrent, dans une clairière, vers un vieux chêne creux couvert de mousse ; Chasseur-de-Truffes frappa trois fois avec sa patte sur le tronc, mais n'obtint pas de réponse. Il frappa de nouveau et, de l'intérieur, une espèce de voix cotonneuse grommela :

– Allez-vous-en ! Ce n'est pas encore le moment de se lever !

Mais, lorsqu'il frappa pour la troisième fois, il y eut, du dedans, un bruit semblable à celui d'un petit tremblement de terre, puis une sorte de porte s'ouvrit et voilà que sortirent trois ours bruns, très ventripotents, en effet, qui plissaient leurs petits yeux.

Quand on leur eut expliqué toute l'histoire (ce qui prit longtemps, car ils étaient tellement endormis !), ils déclarèrent, exactement comme l'avait fait Chasseur-de-Truffes, qu'un fils d'Adam devait être roi de Narnia ; ils embrassèrent tous Caspian – des baisers très humides, accompagnés de force reniflements – et ils lui offrirent du miel. Caspian n'avait pas très envie de manger du miel sans pain, à cette heure de la matinée, mais il pensa que c'était poli d'accepter. Cela lui prit longtemps, par la suite, de nettoyer ses mains poisseuses.

Ils continuèrent leur route jusqu'à ce qu'ils arrivent parmi des bouquets de hêtres élancés ; là, Chasseur-de-Truffes se mit à appeler :

– Saute-Brindilles ! Saute-Brindilles ! Saute-Brindilles !

Et presque aussitôt, bondissant de branche en branche, apparut au-dessus de leurs têtes le plus magnifique écureuil rouge que Caspian ait jamais vu. Il était beaucoup plus grand que les écureuils ordinaires qu'il avait aperçus parfois dans les jardins du château ; en fait, il avait presque la taille d'un chien terrier, et il suffisait de regarder son visage pour comprendre qu'il savait parler. Et justement, la difficulté était de l'arrêter de parler car, comme tous les écureuils, c'était un incorrigible bavard. Il souhaita immédiatement la bienvenue à Caspian et lui demanda s'il voulait une noix ; et Caspian lui répondit :

– Oui, merci.

Tandis que Saute-Brindilles s'éloignait en bondissant pour aller la chercher, Chasseur-de-Truffes chuchota à l'oreille de Caspian :

– Ne regardez pas. Regardez de l'autre côté. C'est considéré comme très mal élevé, chez les écureuils, d'observer quelqu'un qui se rend à sa réserve, ou bien d'avoir l'air de souhaiter connaître son emplacement.

Saute-Brindilles revint avec sa noix et Caspian la mangea ; après quoi Saute-Brindilles demanda s'il pouvait porter des messages à leurs autres amis.

– Car je suis capable de circuler presque partout sans poser le pied à terre, dit-il.

Chasseur-de-Truffes et les nains estimèrent que c'était une excellente idée et confièrent à Saute-Brindilles des messages pour toutes sortes de gens aux noms étranges : ils les convoquaient tous à un festin et à un conseil, à minuit, sur la pelouse de la Farandole, trois nuits plus tard. « Tu feras bien de le dire également aux Ventripotent, ajouta Trompillon. Nous avons oublié de leur en parler. »

La visite suivante fut pour les sept frères du bois de la Peur. Sous la conduite de Trompillon, Caspian et ses compagnons rebroussèrent chemin jusqu'au col, entre les montagnes, et de là-haut descendirent le versant nord, en se dirigeant vers l'est ; ils atteignirent ainsi un endroit très solennel, environné de rochers et de sapins. Ils marchaient silencieusement ; tout à coup, Caspian sentit le sol trembler sous ses pieds, comme si quelqu'un, en dessous, donnait des coups de marteau. Trompillon s'approcha d'une pierre plate qui avait à peu près la taille du couvercle d'un tonneau d'eau et la piétina. Au bout d'un long moment, cette pierre fut déplacée sur le côté par quelqu'un, ou par quelque chose, qui se trouvait sous elle, et voilà qu'apparut un trou rond et sombre qui laissait échapper des volutes de vapeur chaude ; au milieu du trou, il y avait la tête d'un nain qui ressemblait énormément à Trompillon. Une longue conversation s'engagea alors ; le nain paraissait plus soupçonneux que ne l'avaient été l'écureuil ou les ours Ventripotent mais, à la fin, tout le monde fut invité à descendre. Et c'est ainsi que Caspian se retrouva dans un escalier obscur qui s'enfonçait vers le centre de la terre. Lorsqu'il arriva en bas, il aperçut la lumière d'un feu ; c'était en fait la lueur d'un fourneau. Et l'endroit tout entier était une forge. Une rivière souterraine passait sur l'un des côtés. Deux nains actionnaient les soufflets, un autre tenait un morceau de métal rougi sur l'enclume avec une paire de pinces, un quatrième le martelait ; deux autres nains, essuyant leurs petites mains calleuses sur une étoffe graisseuse, s'avancèrent pour accueillir les visiteurs. Cela prit un certain temps de les convaincre que Caspian était un ami et non pas un ennemi mais, une fois qu'ils l'eurent compris, ils crièrent tous :

— Longue vie au roi !

Et leurs présents furent magnifiques : cottes de mailles, casques et épées pour Caspian, Trompillon et Nikabrik. Le blaireau aurait pu avoir les mêmes cadeaux, s'il l'avait désiré, mais il expliqua qu'il était une bête, et que si ses griffes et ses dents ne suffisaient pas à le protéger efficacement, ce n'était plus la peine d'exister. Le travail d'exécution de ces armes était infiniment plus beau que tout ce que Caspian avait vu dans sa vie, et c'est avec joie qu'il accepta l'épée forgée par les nains : il la ceignit à la place de la sienne qui, par comparaison, semblait aussi informe qu'un bâton, aussi fragile et inefficace qu'un jouet. Les sept frères (qui étaient tous des nains rouges) promirent de venir au festin, à la pelouse de la Farandole.

Un peu plus loin, dans un ravin aride et rocailleux, Caspian et ses compagnons arrivèrent à la caverne des cinq nains noirs. Ils examinèrent Caspian avec méfiance, mais, à la fin, le plus âgé d'entre eux déclara :

– S'il est contre Miraz, nous en ferons notre roi.

Et le plus âgé après lui proposa :

–Voulez-vous que nous montions pour vous jusqu'aux rochers à pic ? Il y a là-haut un ogre ou deux, et une vieille sorcière, à qui nous pourrions vous présenter.

– Certainement pas, refusa Caspian.

– Je ne pense pas, en effet, que ce soit une bonne idée, dit Chasseur-de-Truffes. Nous ne souhaitons pas avoir de notre côté des gens de cette espèce…

Nikabrik ne partageait pas cette opinion, mais Trompillon et le blaireau firent taire son objection. Caspian avait ressenti un choc en comprenant que les horribles créatures, sorties des histoires du passé, avaient encore, à l'instar des créatures bienfaisantes, quelques descendants à Narnia.

— Nous n'aurions pas Aslan pour ami si nous ramenions cette canaille, dit Chasseur-de-Truffes, tandis qu'ils s'éloignaient de la caverne des nains noirs.

— Oh ! Aslan ! s'exclama Trompillon, d'un ton gai mais légèrement méprisant. Ce qui compte beaucoup plus, c'est que vous ne m'auriez pas, moi, pour ami !

— Croyez-vous à Aslan ? demanda Caspian à Nikabrik.

— Je crois à n'importe qui, ou n'importe quoi, qui mettra en pièces ces maudits barbares de Telmarins, ou les chassera de Narnia, répondit-il. N'importe qui ou n'importe quoi, Aslan ou la Sorcière Blanche, vous comprenez ?

— Silence, silence, dit Chasseur-de-Truffes. Tu ne sais pas ce que tu dis. Elle était pire que Miraz et toute sa race.

— Pas pour les nains, rétorqua Nikabrik.

La visite suivante fut plus souriante. Comme ils arrivaient en bas du versant, ils virent que les montagnes débouchaient sur une longue vallée, ou gorge boisée, au fond de laquelle coulait une rivière rapide. Les pentes dégagées, au bord de la rivière, n'étaient qu'une masse de digitales pourprées et de roses sauvages, et l'air était bourdonnant d'abeilles. Là, Chasseur-de-Truffes lança un nouvel appel :

— Ouragan ! Ouragan !

Au bout d'un moment, Caspian entendit un bruit de sabots. Ce bruit s'amplifia jusqu'à ce que toute la vallée tremble ; et, finalement, brisant et piétinant les fourrés au passage, apparurent les plus nobles créatures que Caspian ait jamais vues, le grand centaure Ouragan accompagné de ses trois fils. Ses flancs lustrés étaient de couleur châtaigne et la barbe qui couvrait sa large poitrine était rouge mordoré. C'était un prophète, un contemplateur d'étoiles, et il savait pourquoi lui et ses fils étaient venus.

– Longue vie au roi ! s'écria-t-il. Mes fils et moi-même sommes prêts pour la guerre. Quand devons-nous commencer la bataille ?

Jusqu'à ce moment, ni Caspian ni les autres n'avaient vraiment pensé à une guerre. Ils avaient vaguement eu l'idée de peut-être faire de temps en temps un raid contre une ferme d'humains, ou bien d'attaquer un groupe de chasseurs, s'ils s'aventuraient trop avant dans ces régions désertiques du Sud. Mais, en somme, ils avaient seulement imaginé de vivre pour eux-mêmes, dans les bois et dans les cavernes, et ils voulaient essayer de recréer l'Ancien Narnia dans la clandestinité. Dès qu'Ouragan eut parlé, chacun se sentit beaucoup plus sérieux.

– Vous voulez dire une vraie guerre, pour chasser Miraz de Narnia ? demanda Caspian.

– Quoi d'autre ? dit le centaure. Dans quel autre but Votre Majesté chemine-t-elle, revêtue d'une cotte de mailles, et ceinte d'une épée ?

– Est-ce possible, Ouragan ? interrogea le blaireau.

– Le moment est venu, affirma-t-il. J'observe le ciel, blaireau, car il m'appartient de l'observer, comme il t'appartient de te souvenir. Tarva et Alambil se sont rencontrés dans les grandes salles célestes et, sur terre, un fils d'Adam a de nouveau surgi, pour gouverner et nommer les créatures. L'heure a sonné. Notre conseil, à la pelouse de la Farandole, doit être un conseil de guerre.

Il parla d'une voix telle que ni Caspian ni les autres n'hésitèrent un seul moment ; il leur semblait désormais parfaitement possible de gagner la guerre, et absolument impératif de la faire.

Comme il était déjà plus de midi, ils se reposèrent en compagnie des centaures, et mangèrent la nourriture que ceux-ci leur offrirent : galettes d'avoine, pommes, herbes, vin et fromage.

L'endroit où ils devaient se rendre ensuite était situé à proximité, mais ils furent obligés de faire un long détour pour éviter une région où vivaient des hommes. Et l'après-midi était déjà grandement entamé lorsqu'ils se retrouvèrent au milieu de champs bien nivelés et protégés par des haies. Chasseur-de-Truffes lança un appel à l'entrée d'un petit trou, creusé dans un talus verdoyant, et voici que jaillit la chose à laquelle s'attendait le moins Caspian : une souris parlante ! Elle était, naturellement, plus grande qu'une souris ordinaire – mesurant soixante centimètres, quand elle se tenait sur ses pattes arrière – et elle avait des oreilles presque aussi longues (bien que plus larges) que celles d'un lapin. Son nom était Ripitchip ; c'était une souris gaie et martiale qui portait une minuscule rapière à son côté, et tordait ses longues moustaches aussi crânement qu'un vieux capitaine.

– Nous sommes douze, Sire, déclara-t-il, en exécutant un salut fougueux et plein de grâce. Et je mets sans réserve toutes les ressources de mon peuple à la disposition de Votre Majesté.

Caspian fit un grand effort pour ne pas rire (il y parvint), mais il ne put s'empêcher de penser qu'on pourrait très facilement fourrer Ripitchip, et tout son peuple, dans un panier à linge, et les rapporter chez soi sur son dos !

Ce serait trop long de citer toutes les créatures que Caspian rencontra ce jour-là : Pelle-de-la-Motte, la taupe ; les trois frères de la Dent-Dure (qui étaient des blaireaux, comme Chasseur-de-Truffes) ; Camillo, le lièvre, et Paillasson, le hérisson.

Ils s'arrêtèrent enfin pour se reposer près d'un puits, à la lisière d'une large étendue d'herbe, plane et circulaire, bordée par de grands ormes qui projetaient maintenant sur elle, comme des stries, leurs ombres immenses, car le soleil était en train de se coucher, les pâquerettes refermaient leurs corolles et les corneilles rentraient chez elles pour dormir. Là ils mangèrent pour le dîner de la nourriture qu'ils avaient emportée avec eux, et Trompillon alluma sa pipe. (Nikabrik ne fumait pas.)

– Ah ! soupira le blaireau, si seulement nous pouvions éveiller les esprits de ces arbres et de ce puits, nous aurions accompli une bonne journée de travail !

Le pouvons-nous ? demanda Caspian.

- Non, répondit Chasseur-de-Truffes. Nous n'avons pas de pouvoir sur eux. Depuis que les humains sont entrés dans le pays, abattant les arbres et polluant les cours d'eau, les dryades et les naïades sont tombées dans un profond sommeil. Qui sait si elles pourront jamais s'animer de nouveau ? C'est une perte considérable pour notre camp. Car les Telmarins ont horriblement peur des bois : pour peu que les arbres se mettent en colère, nos ennemis deviendraient fous de terreur et s'enfuiraient de Narnia, aussi vite que le leur permettraient leurs jambes !

– Quelle imagination vous avez, vous, les animaux ! s'exclama Trompillon, qui ne croyait pas à ces histoires. Mais pourquoi se limiter aux arbres et aux eaux ? Ne serait-ce pas encore plus commode si les pierres commençaient à se jeter d'elles-mêmes contre le vieux Miraz ?

Le blaireau se contenta de grogner et, ensuite, il y eut un tel silence que Caspian s'endormit presque ; c'est alors qu'il crut entendre derrière lui, venues des profondeurs des bois, de faibles notes de musique. Il pensa que ce n'était qu'un rêve et se retourna ; mais dès que son oreille toucha le sol, il sentit, ou entendit (il était difficile de préciser la sensation) un léger battement, ou plutôt un tambourinement. Il releva la tête. Le bruit s'affaiblit immédiatement mais, en revanche, la musique se fit entendre de nouveau, et plus clairement cette fois. On aurait dit des flûtes. Il vit que Trompillon s'était redressé et regardait dans la direction du bois. La lune brillait ; Caspian avait dormi plus longtemps qu'il ne le pensait. La musique ne cessait de se rapprocher, c'était une mélodie sauvage, et pourtant pleine de rêve, qu'accompagnait le piétinement de multiples pieds légers ; et soudain, émergeant du bois dans le clair de lune, surgirent ces silhouettes auxquelles Caspian avait pensé toute sa vie. Elles n'étaient pas beaucoup plus grandes que les nains, mais bien plus sveltes, et infiniment plus gracieuses. Leurs têtes bouclées étaient ornées de petites cornes, la partie supérieure de leur corps, nue, luisait dans la lumière pâle, mais leurs jambes et leurs pieds étaient comme ceux des chèvres.

– Des faunes ! cria Caspian, en se levant d'un bond et, en un instant, ils furent tous autour de lui.

Un rien de temps suffit pour leur expliquer toute la situation et ils acceptèrent immédiatement Caspian. Avant même de savoir ce qu'il faisait, Caspian se retrouva mêlé à leur danse. Trompillon, avec des mouvements plus lourds et plus saccadés, en fit autant ; et Chasseur-de-Truffes lui-même sauta lourdement d'une patte sur l'autre du mieux qu'il put. Seul Nikabrik resta à sa place et regarda le spectacle en silence. Les faunes dansaient tout autour de Caspian au son de leurs flûtes de roseau. Leurs étranges visages, qui paraissaient à la fois mélancoliques et joyeux, examinaient attentivement le sien ; et il y avait des douzaines de faunes, Mentius, Obentinus et Dumnus, Voluns, Voltinus, Girbius, Nimienus, Nausus et Oscuns… Saute-Brindilles les avait tous envoyés.

Lorsqu'il s'éveilla, le lendemain matin, Caspian eut peine à croire que tout ceci n'avait pas été un rêve ; mais l'herbe était couverte de petites traces fourchues laissées par les sabots…

Chapitre 7

L'Ancien Narnia
en danger

L'endroit où ils avaient rencontré les faunes était, vous l'avez deviné, la pelouse de la Farandole. Caspian et ses amis y restèrent jusqu'à la nuit du grand conseil. Dormir à la belle étoile, n'avoir pour boisson que l'eau d'un puits et vivre principalement de noix et de fruits sauvages fut une expérience étonnante pour Caspian, habitué à un lit aux draps de soie, dans une chambre de château ornée de tapisseries, avec des repas servis sur des plats d'or et d'argent dans son antichambre, et des serviteurs prêts à accourir au moindre appel. Mais jamais il ne s'était autant amusé. Jamais sommeil n'avait été plus rafraîchissant, jamais nourriture n'avait eu meilleur goût ; Caspian commençait à s'endurcir et son visage avait déjà un aspect plus royal.

Quand la grande nuit arriva – la lune brillait presque à son plein – et que tous ses étranges sujets se glissèrent furtivement dans la prairie, un par un, ou par deux ou trois, ou par six ou sept, Caspian sentit son cœur se gonfler de joie en voyant leur nombre et en entendant leurs salutations. Tous ceux qu'il avait rencontrés étaient là : les ours Ventripotent, les nains rouges et les nains noirs, les taupes et les blaireaux, les lièvres et les hérissons et d'autres, qu'il n'avait pas encore vus : cinq satyres, aussi rouges que des renards, tout le contingent des souris parlantes, armées jusqu'aux dents et suivant un trompette qui jouait des airs perçants, quelques hiboux, le vieux corbeau de Corbillon.

En dernier arriva, avec les centaures, un petit mais authentique géant (et cela coupa la respiration de Caspian). C'était le géant Gros-Temps, de la colline du Mort. Il portait sur son dos un panier plein de nains, qui avaient plutôt mal au cœur : ils avaient accepté son offre de faire le trajet dans les airs, mais regrettaient maintenant de ne pas avoir utilisé leurs pieds…

Les ours Ventripotent désiraient vivement commencer par le festin et remettre le conseil à plus tard, peut-être au lendemain. Ripitchip et ses souris déclarèrent que conseil et festin pouvaient tous deux attendre et proposèrent d'attaquer Miraz dans son propre château cette nuit même. Saute-Brindilles et les autres écureuils affirmèrent qu'ils pouvaient parler et manger en même temps, et suggérèrent, par conséquent, de commencer tout de suite et le conseil et le festin. Les taupes conseillèrent de construire rapidement des retranchements autour de la pelouse avant d'entreprendre quoi que ce soit d'autre. Les faunes estimèrent qu'il serait préférable de débuter par une danse solennelle. Le vieux corbeau, tout en convenant avec les ours qu'il serait trop long de tenir un conseil entier avant le souper, demanda la permission de s'adresser brièvement à toute la compagnie. Mais Caspian, les centaures et les nains repoussèrent toutes ces suggestions et insistèrent pour tenir un vrai conseil de guerre immédiatement.

Lorsque l'on eut convaincu toutes les autres créatures de s'asseoir tranquillement en formant un grand cercle, et quand (ce qui fut plus difficile) on réussit à empêcher Saute-Brindilles de courir dans tous les sens en criant· « Silence ! Silence, tout le monde ! Silence pour le discours du roi ! » Caspian, qui se sentait un peu nerveux, se leva.

— Habitants de Narnia ! commença-t-il.

Mais il n'alla pas plus loin, car à cet instant précis Camillo le lièvre dit :

— Chut ! il y a un homme dans les parages !

Tous étaient des créatures sauvages, habituées à être pourchassées et tous s'immobilisèrent comme des statues. Les bêtes tournèrent leurs museaux dans la direction qu'avait indiquée Camillo.

— On dirait l'odeur d'un homme, et pourtant ce n'est pas tout à fait cela, chuchota Chasseur-de-Truffes.

— Cela se rapproche, il n'y a pas de doute, dit Camillo.

— Deux blaireaux, et vous, trois nains, avec vos arcs tendus, partez sans bruit à sa rencontre, ordonna Caspian.

– Nous allons bien l'accueillir ! ricana un nain noir à l'air farouche, en ajustant une flèche à la corde de son arc.

– Ne tirez pas s'il est seul, dit Caspian. Faites-le prisonnier.

– Pourquoi ? demanda le nain.

– Fais ce que l'on te dit, gronda Ouragan, le centaure.

Chacun attendit en silence, tandis que les trois nains et les deux blaireaux trottaient furtivement vers les arbres situés au nord-ouest de la pelouse. Puis il y eut le cri aigu d'un nain « Arrêtez ! Qui va là ? » et un sursaut subit.

L'instant d'après, une voix, que Caspian connaissait bien, s'éleva et dit :

– Ça va ! Ça va ! Je ne suis pas armé. Prenez mes poignets, si vous voulez, braves blaireaux, mais ne les dévorez pas ! Je veux parler au roi.

– Docteur Cornelius ! s'écria Caspian avec joie.

Et il s'élança pour accueillir son vieux maître.

Tout le monde se pressa autour d'eux.

– Pouah ! dit Nikabrik. Un nain renégat. Un moitié-moitié ! Dois-je lui passer mon épée en travers de la gorge ?

– Du calme, Nikabrik, s'écria Trompillon. Cette créature n'est pas responsable de son ascendance.

– Voici mon meilleur ami, et le sauveur de ma vie, proclama Caspian. Quiconque n'apprécie pas sa compagnie peut quitter mon armée immédiatement. Très cher docteur, je suis heureux de vous revoir ! Comment nous avez-vous découverts ?

– En me servant d'un peu de magie simple, Votre Majesté, répondit le docteur, qui était encore tout essoufflé d'avoir marché si vite. Mais nous n'avons pas le temps d'entrer dans ces détails maintenant. Nous devons tous nous enfuir d'ici sur-le-champ ! Vous êtes déjà trahi et Miraz est en route. Avant demain midi, vous serez encerclés !

– Trahi ? s'exclama Caspian. Et par qui ?

– Par un autre nain renégat, sans aucun doute, grommela Nikabrik.

– Par votre cheval Destrier, répondit le docteur Cornelius. Le pauvre animal ne pouvait pas faire autrement. Lorsque vous avez été désarçonné, il est, bien entendu, revenu tranquillement à son écurie, dans le château. Alors le secret de votre fuite a été découvert. J'ai déguerpi, car je n'avais nulle envie d'être interrogé à ce sujet dans la chambre des tortures de Miraz. Grâce à ma boule de cristal, j'avais une assez bonne idée de l'endroit où je pourrais vous rejoindre. Mais toute la journée – c'était avant-hier –, j'ai vu les équipes de Miraz battre les bois pour vous retrouver. Hier, j'ai appris que son armée était sur le pied de guerre. Je ne pense pas que certains de vos, hum… de vos nains pur sang connaissent autant la chasse à courre que l'on pourrait l'espérer : vous avez laissé des traces partout ! Grande négligence ! En tout cas, quelque chose a averti Miraz que l'Ancien Narnia n'était pas aussi mort qu'il le souhaitait, et le voilà en marche !

– Hourra ! hurla une voix très aiguë et très menue, quelque part près des pieds du docteur. Qu'ils viennent !

Tout ce que je demande, c'est que le roi me mette, moi et les miens, au premier rang !

— Diable ! s'écria le docteur Cornelius. Votre Majesté a-t-elle enrôlé des sauterelles ou des moustiques dans son armée ?

Puis, après s'être penché très bas, et avoir scruté attentivement le sol à travers ses lunettes, il éclata de rire.

— Par le Lion ! jura-t-il, c'est une souris. Monseigneur Souris, je désire faire plus amplement votre connaissance. Je suis très honoré de rencontrer un animal si vaillant.

— Mon amitié, vous l'aurez, homme instruit, gazouilla Ripitchip. Et si un nain, ou un géant, dans l'armée vous manque de respect, il aura affaire à mon épée !

— Est-ce bien le moment pour ces sottises ? demanda Nikabrik. Quels sont nos plans ? Le combat ou la fuite ?

— Le combat, si c'est nécessaire, répondit Trompillon. Mais nous ne sommes guère préparés et cet endroit est difficile à défendre.

— Je n'aime pas l'idée de fuir, déclara Caspian.

— Écoutez-le ! Écoutez-le ! dirent les ours Ventripotent. Quoi que nous fassions, il n'est pas question de courir. Surtout pas avant le dîner. Ni tout de suite après.

— Ceux qui fuient les premiers ne fuient pas forcément les derniers, affirma le centaure. Et pourquoi devrions-nous laisser l'ennemi choisir notre position, au lieu de la choisir nous-mêmes ? Trouvons un endroit imprenable !

— Ce conseil est sage, Votre Majesté, ce conseil est sage, commenta Chasseur-de-Truffes.

— Mais où allons-nous aller ? demandèrent plusieurs voix.

— Votre Majesté, dit le docteur Cornelius, et vous toutes, créatures si variées, je pense que nous devons fuir à l'est, en descendant la rivière vers les Grands Bois. Les Telmarins détestent cette région. Ils ont toujours eu peur de la mer et de quelque chose qui pourrait venir de la mer. C'est pour cette raison qu'ils ont laissé croître ces immenses bois. Si les traditions disent la vérité, l'ancien château de Cair Paravel était situé à l'embouchure de la rivière. Toute cette région nous est favorable et, en revanche, elle est hostile à nos ennemis. Nous devons aller à la colline d'Aslan.

— La colline d'Aslan ? s'étonnèrent plusieurs voix. Nous ne savons pas ce que c'est.

— Elle est située à la lisière des Grands Bois, et c'est un immense tertre, que les habitants de Narnia élevèrent, dans des temps très anciens, sur un emplacement plein de magie, où se trouvait — et se trouve peut-être encore — une Pierre douée d'un immense pouvoir magique. Le tertre est entièrement creusé et divisé en grottes et en galeries ; la Pierre repose dans la caverne centrale. Il y a de la place, dans ce tertre, pour toutes nos provisions, et ceux d'entre nous qui ont le plus besoin d'être cachés, ou qui sont le plus habitués à la vie souterraine, pourront être logés dans les grottes. Les autres pourront camper dans le bois. Au besoin, nous pourrons tous (à l'exception de ce digne géant)

Sur le quai de la gare, Edmund,
Peter, Susan et Lucy Pevensie
entendent la trompe magique.

Les enfants se demandent
où ils sont. Ces ruines leur
semblent familières…

Ils sont à Narnia !
Les Pevensie retrouvent
leurs cadeaux dans
la chambre au trésor
de Cair Paravel.

Peter découvre son épée
de roi suprême de Narnia.

Les Pevensie
libèrent le nain
Trompillon.

Trompillon raconte aux enfants l'histoire du prince
Caspian. Edmund, Peter, Lucy et Susan doivent
le sauver au plus vite.

Contraint par son oncle, le cruel Miraz,
de fuir le château, Caspian rencontre
les nains Trompillon et Nikabrik dans la forêt.

Le prince Caspian souffle dans la trompe magique pour appeler les enfants Pevensie à son secours.

Lucy retrouve le lion Aslan.

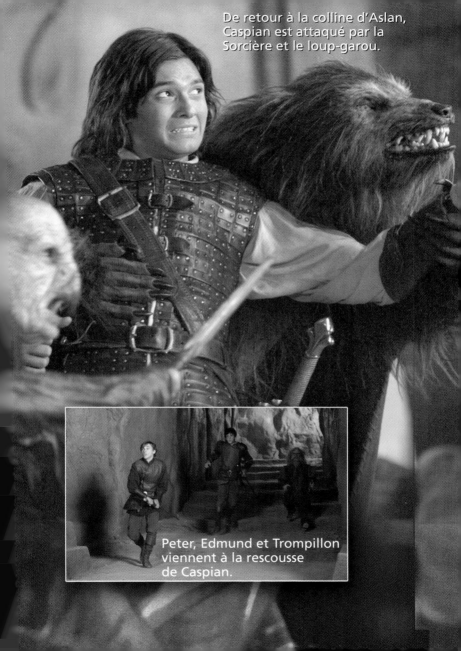

De retour à la colline d'Aslan, Caspian est attaqué par la Sorcière et le loup-garou.

Peter, Edmund et Trompillon viennent à la rescousse de Caspian.

Le duel entre Peter
et Miraz commence.

Miraz est trahi
par l'un de ses hommes.

Peter et Edmund s'apprêtent
à affronter les Telmarins.

Cinq mille soldats Telmarins se dirigent vers eux.

Le dieu de la rivière surgit et le pont s'écroule sous les Telmarins.

Caspian devient roi de Narnia.

Les Pevensie se retrouvent sur le quai
de la gare sans que le temps se soit écoulé.

nous réfugier à l'intérieur du tertre, et là, nous serons à l'abri de tout danger, hormis la famine.

– Quelle bonne chose d'avoir un homme instruit parmi nous ! dit Chasseur-de-Truffes.

Trompillon marmonna à voix basse :

– Soupe et salmigondis ! J'aimerais que nos chefs songent moins à ces histoires de bonnes femmes, et plus à du ravitaillement et à des armes !

Mais tous approuvèrent la proposition du docteur Cornelius et, une demi-heure plus tard, ils étaient en route. Avant le lever du soleil, ils arrivèrent à la colline d'Aslan.

C'était vraiment un endroit très impressionnant : une colline circulaire et verdoyante s'élevait au sommet d'une autre colline, plantée, elle, d'arbres centenaires ; il y avait un petit porche, de faible hauteur, qui conduisait à l'intérieur de la première colline. Ses galeries internes constituaient un parfait labyrinthe, tant que vous n'aviez pas appris à les connaître ; elles étaient revêtues de pierres lisses et, sur ces pierres, Caspian, qui tentait de percer l'obscurité, remarqua d'étranges caractères, et des motifs de serpents, et des dessins où la forme d'un lion était répétée maintes et maintes fois. Tout cela semblait appartenir à un Narnia encore plus antique que le Narnia dont l'avait entretenu sa nourrice.

C'est après qu'ils se furent établis à l'intérieur de la colline, et dans ses alentours, que la mauvaise fortune s'abattit sur eux. Les éclaireurs du roi Miraz ne tardèrent pas à trouver leur nouveau repaire, et Miraz et son armée arrivèrent à la lisière des bois. Et puis, comme cela se produit souvent, les ennemis se révélèrent plus puissants qu'on ne l'avait supposé. Le cœur de Caspian se serra en voyant les compagnies succéder aux compagnies. Et, bien qu'ils aient assurément eu très peur de pénétrer dans les bois, les hommes de Miraz craignaient encore plus Miraz lui-même et, sous son commandement, ils portèrent la bataille très avant à l'intérieur du bois, et parfois même jusqu'aux abords de la colline. Caspian et les autres capitaines, évidemment, effectuaient de nombreuses sorties en rase campagne. Aussi y avait-il des combats presque tous les jours, et quelquefois la nuit ; mais, dans l'ensemble, c'est le camp de Caspian qui avait le dessous.

Et finalement il y eut une nuit où tout était allé de mal en pis, et la pluie, qui était tombée à torrents toute la journée, n'avait cessé, au crépuscule, que pour faire place à un froid mortel. Le matin, Caspian avait dressé des plans pour livrer ce qui devait être la bataille la plus importante depuis le début des opérations, et il avait mis tous ses espoirs dans cet assaut. Lui-même, avec la majorité des nains, devait se jeter, au point du jour, sur l'aile droite du roi ; une fois qu'ils auraient été violemment engagés dans le combat, le géant Gros-Temps avec les centaures et quelques-uns des animaux les plus féroces auraient dû ensuite surgir d'un autre côté pour s'efforcer de couper l'aile droite du roi du reste de l'armée. Mais tout avait échoué. Personne n'avait prévenu Caspian (parce que personne, actuellement, à Narnia, ne s'en souvenait) que les géants n'étaient pas du tout intelligents. Et le pauvre Gros-Temps, bien que courageux comme un lion, était un vrai géant à cet égard. Il s'était lancé dans la bataille au mauvais moment, et en partant du mauvais endroit, et son escouade, ainsi que celle de Caspian, avait souffert cruellement, sans, pour autant, infliger de pertes à l'ennemi. Le meilleur des ours avait été touché, un centaure, terriblement blessé, et rares étaient ceux qui, dans le groupe de Caspian, n'avaient pas perdu de sang. C'étaient donc de lugubres compagnons qui s'entassèrent sous les arbres dégoulinants de pluie pour partager un maigre dîner.

Le plus lugubre d'entre eux était le géant Gros-Temps. Il savait que tout était sa faute. Il était assis sans parler et versait de grosses larmes qui affluaient toutes au bout de son nez et tombaient alors en projetant une énorme éclaboussure sur le bivouac des souris, alors qu'elles commençaient tout juste à se réchauffer et à s'assoupir. Elles sautèrent toutes sur leurs pattes, secouant l'eau de leurs oreilles, tordant leurs petites couvertures, et elles demandèrent au géant, avec des voix perçantes et énergiques, s'il ne pensait pas qu'elles étaient déjà suffisamment mouillées sans ce supplément d'humidité. Ensuite, d'autres personnes se réveillèrent et dirent aux souris qu'elles avaient été enrôlées comme éclaireuses, et non comme membres d'un orchestre, et les prièrent de bien vouloir se taire. Alors, Gros-Temps s'éloigna sur la pointe des pieds et partit à la recherche d'un endroit où il pourrait être malheureux en paix, mais il marcha sur la queue de quelqu'un, et ce quelqu'un (on dit après que c'était un renard) le mordit. Et ainsi, tout le monde fut de mauvaise humeur…

Mais dans la chambre secrète et magique située au cœur de la colline, le roi Caspian tenait conseil avec Cornelius, le blaireau, Nikabrik et Trompillon. D'épaisses colonnes d'une facture très ancienne soutenaient le toit. Au centre se trouvait la Pierre, une Table de Pierre brisée juste au milieu et couverte de signes qui avaient été autrefois une sorte d'écriture ; mais des siècles de vent, de pluie et de neige les avaient presque effacés, dans l'Ancien Temps, lorsque la Table de Pierre se trouvait au sommet de la colline et que le tertre n'avait pas encore été construit au-dessus d'elle. Ils n'utilisaient pas la Table et ne siégeaient pas non plus autour d'elle : c'était un objet chargé de trop de magie pour qu'il puisse avoir une quelconque fonction usuelle. Ils étaient assis un peu à l'écart sur de grosses bûches, et entre eux il y avait une table de bois grossière sur laquelle était posée une rudimentaire lampe d'argile qui éclairait par en dessous leurs visages pâlis et projetait de grandes ombres sur les murs.

– Si Votre Majesté doit jamais utiliser la trompe, dit Chasseur-de-Truffes, je pense que le moment est venu.

Caspian, bien entendu, leur avait parlé de ce trésor plusieurs jours auparavant.

– Il est évident que nous sommes en grand danger, répondit-il. Mais il est difficile de savoir avec certitude si nous sommes dans un danger extrême. Supposons que survienne un péril encore plus grand, et que nous ayons déjà utilisé la trompe ?

– Avec un pareil raisonnement, observa Nikabrik, Votre Majesté l'utilisera quand il sera trop tard.

– Je partage cet avis, dit le docteur Cornelius.

– Et toi, que penses-tu, Trompillon ? demanda Caspian.

– Oh ! Pour moi, répondit le nain rouge, qui avait écouté avec une totale indifférence, Votre Majesté sait ce que je pense : la trompe, et ce morceau de pierre cassée, là-bas, et Peter, votre roi suprême, et votre lion Aslan ne sont tous que balivernes et billevesées ! L'heure à laquelle Votre Majesté sonnera la trompe ne me fait ni chaud ni froid. La seule chose sur laquelle j'insiste, c'est qu'on ne dise rien à l'armée. Ce n'est pas bien de faire naître des espoirs en une aide magique, espoirs qui (je le pense) seront certainement déçus.

– Alors, au nom d'Aslan, nous allons sonner la trompe de la reine Susan, déclara Caspian.

– Il y a une chose, Sire, dit le docteur Cornelius, qui devrait, me semble-t-il, être faite d'abord. Nous recevrons de l'aide, mais nous ignorons la forme que prendra cette aide. Elle peut faire venir, d'au-delà-des-mers, Aslan lui-même. Mais je pense plutôt qu'elle fera remonter Peter le roi suprême, et ses dignes consorts, du fond des âges. Dans les deux cas, je ne crois pas que nous puissions être certains que l'aide viendra à cet endroit même…

· Vous n'avez jamais prononcé une parole plus juste ! approuva Trompillon.

– Je pense, poursuivit l'homme instruit, qu'ils, ou il, reviendront à l'un ou à l'autre des Anciens Lieux de

Narnia. Celui où nous nous trouvons actuellement est le plus ancien et le plus profondément magique de tous, et c'est ici, à mon avis, que la réponse a le plus de chance de se manifester. Mais il en existe deux autres. L'un est la lande du Réverbère, en amont de la rivière, à l'ouest de Beaversdam, là où les enfants royaux apparurent pour la première fois à Narnia, comme le rapportent les chroniques. L'autre est situé à l'embouchure de la rivière, à l'endroit où s'éleva jadis leur château de Cair Paravel. Et si c'est Aslan lui-même qui vient, ce sera l'endroit le plus propice pour le rencontrer, car toutes les histoires disent qu'il est le fils du grand empereur-d'au-delà-des-mers, et c'est au-dessus de la mer qu'il passera. J'aimerais bien envoyer des messagers aux deux endroits, la lande du Réverbère et l'embouchure de la rivière, pour les, ou le, recevoir.

— Exactement ce que je pensais, grommela Trompillon. Le premier résultat de toutes ces balivernes ne sera pas de nous apporter de l'aide, mais de nous faire perdre deux combattants !

— Qui enverriez-vous, docteur Cornelius ? demanda Caspian.

— Les écureuils sont les plus aptes à passer à travers les lignes ennemies sans être pris, observa Chasseur-de-Truffes.

— Tous nos écureuils (et nous n'en avons pas beaucoup) sont plutôt écervelés, objecta Nikabrik. Le seul à qui je ferais confiance pour cette mission serait Saute-Brindilles.

— Ce sera donc Saute-Brindilles, décida le roi Caspian. Et pour l'autre messager ? Je sais que vous seriez à la hauteur, Chasseur-de-Truffes, mais vous n'êtes pas assez rapide. Ni vous, docteur Cornelius.

— Je n'irai pas, déclara Nikabrik. Avec tous ces humains et toutes ces bêtes dans les parages, il doit y avoir un nain ici qui veille à ce que les nains soient justement traités !

— Dés à coudre et déluges d'orages ! hurla Trompillon avec furie. N'as-tu pas honte de parler ainsi au roi ! Envoyez-moi, Sire, j'irai !

— Mais je pensais que vous ne croyiez pas au pouvoir de la trompe, s'étonna Caspian.

— Je n'y crois toujours pas, Votre Majesté. Mais en quoi cela importe-t-il ? Je peux aussi bien mourir en courant après des chimères que mourir ici. Je sais la différence entre donner un avis et recevoir un ordre. Vous avez eu mon avis, et maintenant c'est le moment des ordres.

— Je n'oublierai jamais cela, Trompillon, s'écria Caspian. Que l'un de vous aille chercher Saute-Brindilles. Et quand dois-je sonner la trompe ?

— J'attendrais le lever du soleil, Votre Majesté, conseilla le docteur Cornelius. Cela a parfois une influence dans les opérations de magie blanche.

Quelques minutes plus tard, Saute-Brindilles arriva et fut informé de sa mission. Étant donné qu'il était, comme beaucoup d'écureuils, débordant de courage, de fougue, d'énergie, de vitalité, d'espièglerie (pour ne pas dire de vanité), il n'eut pas plus tôt entendu ce qu'on lui demandait qu'il fut follement impatient de partir.

On décida qu'il devait rejoindre au plus vite la lande du Réverbère, tandis que Trompillon effectuerait le voyage plus court vers l'embouchure de la rivière. Après avoir pris un rapide repas, ils partirent tous deux, accompagnés des remerciements ardents et des souhaits chaleureux du roi, du blaireau et de Cornelius.

Chapitre 8

Comment
ils quittèrent l'île

– Et ainsi, dit Trompillon (car, vous l'avez déjà compris, c'était lui qui avait raconté toute cette histoire aux quatre enfants, assis dans l'herbe, au milieu de la grande salle en ruine de Cair Paravel), et ainsi, je mis une ou deux croûtes de pain dans ma poche, laissai toutes mes armes à l'exception de mon couteau, et partis vers les bois, dans la grisaille du matin. Il y avait plusieurs heures que je marchais avec persévérance, lorsque retentit un bruit, tel que je n'en avais jamais entendu de toute mon existence. Eh ! Je ne suis pas près de l'oublier ! L'air tout entier était rempli de ses vibrations ; c'était fort comme le tonnerre, mais beaucoup plus long, frais et doux comme de la musique sur l'eau, mais suffisamment puissant pour ébranler les bois. Et je me dis : « Si ce n'est pas la trompe, je veux bien qu'on m'appelle lapin ! » Un instant plus tard, je me demandai pourquoi Caspian ne l'avait pas sonnée plus tôt…

— Quelle heure était-il ? interrogea Edmund.

— Entre neuf heures et dix heures du matin, répondit Trompillon.

— Juste au moment où nous étions à la gare ! s'exclamèrent les enfants.

Et ils se regardèrent les uns les autres avec des yeux brillants.

— S'il vous plaît, continuez, dit Lucy au nain.

— Eh bien, comme je vous le disais, j'étais étonné, mais je continuai à marcher aussi vite que je le pouvais. Je continuai toute la nuit, et puis ce matin, alors qu'il faisait à moitié jour seulement, comme si je n'avais pas plus de jugeote qu'un géant, je pris le risque d'emprunter un raccourci, qui coupait à travers une plaine découverte, m'évitant ainsi de suivre une longue boucle de la rivière, et je fus capturé. Non par l'armée, mais par un vieil imbécile pompeux, qui a la garde d'un petit château, dernière forteresse de Miraz en direction de la côte. Je n'ai pas besoin de vous dire qu'ils ne m'ont pas tiré une seule parole, mais j'étais un nain et c'était pour eux un crime suffisant. Mais, langoustes et limonades ! quelle bonne chose que ce sénéchal ait été un pompeux imbécile ! N'importe qui d'autre m'aurait transpercé, séance tenante ! Mais lui, rien n'aurait pu le faire renoncer à une grande exécution, c'est-à-dire à m'envoyer « chez les fantômes » avec tout le cérémonial voulu. Et alors cette jeune demoiselle (il inclina la

102

tête en direction de Susan) fit son petit numéro de tir à l'arc – et ce fut un joli coup, permettez-moi de vous le dire – et nous voilà ! Sans mon armure, car ils me l'ont prise.

D'un coup sec, il vida sa pipe et la remplit de nouveau.

– Grands dieux ! s'exclama Peter. Ainsi c'est la trompe, ta propre trompe, Susan, qui nous a tous tirés de ce banc, sur le quai de la gare, hier matin ! Je peux à peine le croire ; et pourtant, tous les détails concordent.

– Je ne vois pas pourquoi tu ne pourrais pas le croire, dit Lucy, si tu crois vraiment à la magie. N'y a-t-il pas des tas d'histoires qui racontent comment la magie a forcé des gens à aller d'un endroit – et même d'un monde – dans un autre. Par exemple lorsque, dans *Les Mille et Une Nuits*, un magicien appelle un djinn, celui-ci est obligé de venir. Nous étions obligés de venir, de la même façon.

– Oui, dit Peter. Je suppose que ce qui rend notre cas si étrange, c'est que, dans les histoires, c'est toujours quelqu'un dans notre monde qui lance l'appel. On ne songe pas vraiment à l'endroit d'où viennent les djinns.

– Et maintenant, nous savons ce que ressentent les djinns, conclut Edmund avec un petit rire. C'est un peu inquiétant de savoir que nous pouvons être appelés d'un coup de sifflet, comme cela ! C'est pire que de vivre, comme s'en plaint papa, à la merci du téléphone !

– Mais nous avons envie d'être ici, n'est-ce pas, dit Lucy, si Aslan le désire ?

– En attendant, interrompit le nain, qu'allons-nous faire ? Je suppose que je ferais mieux de retourner auprès du roi Caspian pour lui dire qu'aucune aide n'est venue.

– Aucune aide ? protesta Susan. Mais la magie a marché. Et nous voilà !

– Hum… hum… oui, bien sûr. Je vois cela, dit le nain, dont la pipe semblait être bouchée (quoi qu'il en soit, il s'affaira beaucoup pour la nettoyer). Mais… bien… je veux dire…

– Mais vous ne voyez pas qui nous sommes ? hurla Lucy. Vous êtes stupide !

– Je suppose que vous êtes les quatre enfants sortis des vieilles histoires, dit Trompillon. Et je suis très heureux de vous rencontrer, bien entendu. Et c'est très intéressant, sans aucun doute. Mais… je ne veux offenser personne… et il hésita à nouveau.

– Allez-y ! Continuez ! Et dites tout ce que vous avez à dire, s'écria Edmund.

– Bon, alors… je ne veux offenser personne… répéta Trompillon. Mais, vous savez, le roi et Chasseur-de-Truffes, et le docteur Cornelius, attendaient, bon, si vous voyez ce que je veux dire, de l'aide. Autrement dit, je pense qu'ils vous imaginaient comme de grands combattants. À dire vrai, nous aimons beaucoup les enfants, bien sûr, mais juste maintenant, au milieu d'une guerre… je suis certain que vous comprenez…

– Vous voulez dire que vous pensez que nous ne sommes bons à rien, résuma Edmund, en devenant tout rouge.

– Je vous en prie, ne soyez pas vexés, interrompit le nain. Je vous assure, mes chers petits amis…

– *Petits*, venant de vous, c'est vraiment un peu fort ! s'exclama Edmund en sautant sur ses pieds. J'imagine que vous ne croyez pas que nous avons gagné la bataille de Beruna. Bon, vous pouvez dire ce que vous voulez à mon sujet, parce que je sais…

– Cela ne sert à rien de se fâcher, dit Peter. Équipons-le avec une nouvelle armure et équipons-nous nous-mêmes avec des armes de la chambre au trésor, et nous parlerons ensuite.

– Je ne comprends pas très bien, commença à dire Edmund.

Mais Lucy chuchota à son oreille :

– Ne vaut-il pas mieux faire ce que Peter propose ? Il est le roi suprême, tu sais. Et je pense qu'il a son idée.

Alors Edmund accepta et, grâce à sa torche, ils purent descendre tous une nouvelle fois, y compris Trompillon, dans la froide obscurité et la poussiéreuse splendeur de la chambre au trésor.

Les yeux du nain étincelèrent lorsqu'il découvrit la richesse entassée sur les étagères (il était obligé de marcher sur la pointe des pieds pour les apercevoir…) et il marmonna dans sa barbe :

– Il ne faudrait jamais laisser Nikabrik voir ceci… Jamais.

Les enfants lui trouvèrent assez facilement une cotte de mailles, une épée, un casque, un bouclier, un arc et un carquois rempli de flèches, tous à la taille d'un nain. Le casque était en cuivre, incrusté de rubis, et il y avait de l'or sur la garde de l'épée : Trompillon n'avait jamais vu, encore moins porté, autant de richesses de toute sa vie. Les enfants revêtirent aussi des cottes de mailles et des casques ; on dénicha une épée et un bouclier pour Edmund, et un arc pour Lucy – Peter et Susan, naturellement, portaient déjà leurs cadeaux. Lorsqu'ils remontèrent l'escalier, cliquetant dans leurs cottes de mailles, ils ressemblaient déjà davantage à des habitants de Narnia et se sentaient plus comme eux, et moins comme des petits écoliers anglais. Les deux garçons étaient à l'arrière et combinaient apparemment un plan. Lucy entendit Edmund dire :

– Non, laisse-moi le faire. Il sera bien attrapé si je gagne, et ce sera un échec moindre pour nous tous si j'échoue

– D'accord, Edmund, accepta Peter.

Quand ils sortirent à la lumière du jour, Edmund se tourna très poliment vers le nain et lui dit :

– J'ai quelque chose à vous demander. Des enfants comme nous n'ont pas souvent la chance de rencontrer un grand guerrier comme vous. Accepteriez-vous de croiser le fer avec moi ? Ce serait extrêmement aimable de votre part.

– Mais, mon petit, répondit Trompillon, ces épées sont tranchantes.

– Je sais, dit Edmund. Mais je n'arriverai jamais à m'approcher de vous, et vous serez assez habile pour me désarmer sans me faire de mal.

– C'est un jeu dangereux, avertit Trompillon. Mais, puisque vous y tenez tant, j'essaierai une passe ou deux

Les deux épées furent aussitôt tirées ; les trois autres enfants quittèrent l'estrade et se tinrent à l'écart, en spectateurs. Et le spectacle en valait vraiment la peine. Ce n'était pas comme ces combats grotesques, avec de larges épées, qui ont lieu sur une scène de théâtre. Ce n'était même pas comme les combats avec des rapières, que l'on voit parfois et qui sont mieux exécutés. C'était un vrai combat à l'épée. Le secret, c'est de frapper aux jambes et aux pieds de votre adversaire, parce que c'est la partie qui n'a pas d'armure. Et lorsqu'il frappe les vôtres, vous devez sauter à pieds joints, pour que le coup passe en dessous. Cette tactique avantageait le nain, parce que Edmund, étant beaucoup plus grand, devait constamment se baisser. Et je ne pense pas qu'il aurait eu la moindre chance s'il avait combattu Trompillon vingt-quatre heures plus tôt. Mais, depuis leur arrivée dans l'île, l'air de Narnia avait eu de l'effet sur lui, et il se rappelait toutes ses anciennes batailles, et ses bras et ses doigts retrouvaient leur habileté passée. Il était de nouveau le roi Edmund. Les deux combattants tournoyaient sans trêve, ils échangeaient coup sur coup, et Susan (qui n'avait jamais pu apprendre à aimer ce genre de sport) s'écria :

– Je vous en prie, faites attention !

Et puis soudain, si rapidement que personne ne put vraiment voir comment cela se produisit (à l'exception de Peter, qui connaissait la feinte), Edmund fit tournoyer son épée, avec un mouvement de poignet très spécial, l'épée du nain lui échappa et s'envola dans les airs, et Trompillon se mit à frotter sa main, comme on le fait après avoir reçu un coup de batte au cricket.

— Pas de mal, j'espère, mon cher petit ami ? demanda Edmund, un peu essoufflé, en remettant sa propre épée dans son fourreau.

— Je comprends l'astuce, dit Trompillon sèchement. Vous connaissez un coup que je n'ai jamais appris.

— C'est tout à fait exact ! admit Peter, intervenant dans le débat. Et le meilleur épéiste du monde peut être désarmé par un coup qu'il ne connaît pas. Je pense que ce n'est que justice de donner à Trompillon sa chance dans une autre discipline. Voulez-vous faire un concours de tir à l'arc avec ma sœur ? Il n'y a pas d'astuces dans le tir à l'arc, vous le savez bien.

— Ah ! Vous êtes de vrais farceurs ! s'exclama le nain. Je commence à comprendre. Comme si je ne connaissais pas son adresse au tir, après ce qui est arrivé ce matin ! Mais qu'importe, j'essaierai !

Il parlait d'un ton bourru, mais ses yeux pétillaient, car il était un archer renommé chez les siens.

Ils sortirent tous les cinq dans la cour.

— Quelle sera la cible ? demanda Peter.

— Je pense que la pomme suspendue à cette branche, au-dessus du mur, fera l'affaire, dit Susan.

— Cela fera très bien l'affaire, jeune fille, dit Trompillon. Vous voulez dire la pomme jaune près du milieu de l'arche ?

— Non, pas celle-là, rectifia Susan. La pomme rouge, là-haut, au-dessus des créneaux.

La figure du nain s'allongea.

– Cela ressemble plus à une cerise qu'à une pomme ! marmonna-t-il dans ses dents, mais il ne dit rien tout haut.

Ils jouèrent à pile ou face pour savoir qui tirerait le premier (au grand étonnement de Trompillon, qui n'avait jamais joué à pile ou face auparavant), et Susan perdit. Ils devaient tirer du haut des marches qui conduisaient de la grande salle dans la cour. Chacun put voir, à la façon dont le nain se mit en position et mania son arc, qu'il connaissait parfaitement son affaire.

La corde vibra ! tanggg ! C'était un excellent tir ! La minuscule pomme frémit lorsque la flèche la frôla, et l'une de ses feuilles tomba en tourbillonnant. Susan, à son tour, monta les marches et banda son arc. À la dif-férence d'Edmund, elle ne prenait pas grand plaisir à cette compétition ; pas du tout parce qu'elle craignait de ne pas toucher la pomme, mais parce que, ayant très bon cœur, elle détestait l'idée de battre quelqu'un qui venait d'être battu. Le nain l'observait avec un regard perçant, tandis qu'elle tirait la flèche près de son oreille. Une seconde plus tard, avec un petit bruit mat et sourd, qu'ils entendirent tous très bien dans cet endroit silencieux, la pomme tomba sur l'herbe, transpercée par la flèche de Susan.

– Oh ! Bravo, Susan ! crièrent ses frères et sœur.

– Ce n'était vraiment pas mieux que votre coup, dit-elle au nain. Je crois qu'il y avait un léger souffle de vent lorsque vous avez tiré.

– Non, il n'y en avait pas, répliqua Trompillon. Ne dites pas cela. Je reconnais ma défaite quand je suis loyalement battu. Je ne dirai même pas que la cicatrice de ma dernière blessure me rappelle à l'ordre quand je tire mon bras très en arrière…

— Oh ! Vous êtes blessé ? demanda Lucy. Montrez-moi cela !

— Ce n'est pas un spectacle pour les petites filles, commença à dire Trompillon, mais soudain il s'arrêta : Voilà que je me remets à parler comme un idiot ! dit-il. Je présume que vous allez vous montrer aussi douée pour la chirurgie que votre frère pour l'épée et votre sœur pour le tir à l'arc.

Il s'assit sur les marches, enleva son haubert et baissa sa petite chemise, découvrant un bras poilu et musclé comme celui d'un marin (toutes proportions gardées), mais guère plus gros que celui d'un enfant. Il y avait, sur son épaule, un pansement maladroit, que Lucy entreprit de dérouler. En dessous, la plaie avait très mauvaise mine, et il y avait une forte enflure.

— Oh ! Pauvre Trompillon ! compatit Lucy. Comme c'est horrible !

Puis, avec beaucoup de soin, elle laissa tomber sur la blessure une seule goutte du cordial contenu dans sa fiole.

— Eh ! Tiens ! Qu'avez-vous fait ? demanda Trompillon.

Mais il eut beau tourner la tête, loucher, et agiter sa barbe dans tous les sens, il ne réussit pas à voir entièrement son épaule. Alors, il essaya de la toucher, du mieux qu'il put, en faisant avec ses bras et ses doigts une gymnastique très acrobatique, comme c'est le cas

110

lorsque vous essayez de gratter un endroit qui est juste hors de votre portée. Ensuite, il balança son bras, le leva en l'air, fit jouer ses muscles et. finalement sauta sur ses pieds en criant :

– Géants et grains de genièvre ! Il est guéri ! Il fonctionne aussi bien que s'il était neuf !

À la suite de quoi il éclata d'un grand rire et déclara :

– Eh bien, jamais un nain ne se sera autant couvert de ridicule que moi ! Je n'ai offensé personne, je l'espère ? Mes humbles respects à toutes Vos Majestés, humbles respects. Et merci pour ma vie, ma guérison, mon petit déjeuner... et ma leçon.

Les enfants dirent tous que c'était très bien comme cela et que ce n'était plus la peine d'en parler.

– Et maintenant, dit Peter, si vous êtes vraiment décidé à croire en nous...

– Je le suis, affirma le nain.

– Ce que nous avons à faire est très clair. Nous devons rejoindre le roi Caspian immédiatement.

– Le plus tôt, le mieux, dit Trompillon. Ma complète idiotie nous a déjà fait perdre à peu près une heure.

– Le trajet que vous avez effectué représente un voyage d'environ deux jours, estima Peter. J'entends, pour nous. Car nous ne pouvons pas marcher nuit et jour, comme vous les nains.

Il se tourna alors vers les autres :

– Ce que Trompillon appelle la colline d'Aslan est manifestement la Table de Pierre. Vous vous souvenez qu'il y avait en gros une demi-journée de marche, peut-être un peu moins, de là-bas au gué de Beruna...

– Nous l'appelons pont de Beruna, rectifia Trompillon.

– Il n'y avait pas de pont à notre époque, dit Peter. Ensuite, de Beruna jusqu'ici, il y avait un peu plus d'un jour de marche. Nous arrivions habituellement chez nous à l'heure du thé, le second jour, en marchant tranquillement. En pressant l'allure, nous pourrions peut-être accomplir toute la randonnée en un jour et demi.

– Mais souvenez-vous qu'il y a des bois partout, maintenant, rappela Trompillon, et des ennemis à éviter.

– Écoutez, interrompit Edmund, sommes-nous obligés de prendre le chemin qu'a suivi notre Cher Petit Ami pour venir ?

– Ne parlons plus de cela, Votre Majesté, si vous m'aimez, dit le nain.

– Très bien, dit Edmund. Dois-je dire : notre CPA ?

– Oh ! Edmund, dit Susan. Ne continue pas à le taquiner ainsi !

– Ce n'est pas grave, jeune fille, je veux dire, Votre Majesté, expliqua Trompillon avec un petit rire. Une raillerie ne donne pas d'ampoules !

(Par la suite, ils l'appelèrent souvent le CPA, jusqu'à ce qu'ils aient presque oublié ce que signifiaient ces initiales.)

– Comme je le disais, reprit Edmund, nous ne sommes pas obligés d'aller par ce côté. Pourquoi n'irions-nous pas à la rame en direction du sud, jusqu'au ruisseau des eaux de Cristal, que nous remonte-

112

rions ensuite ? Cela nous mettrait derrière la colline de la Table de Pierre, et nous serions en sécurité tant que nous serions en mer. Si nous partons tout de suite, nous pouvons être à l'entrée du ruisseau avant la nuit, prendre quelques heures de repos, et rejoindre Caspian très tôt demain matin.

– Quel avantage de connaître la côte ! s'exclama Trompillon. Aucun de nous ne soupçonne l'existence des eaux de Cristal !

– Et pour la nourriture ? s'inquiéta Susan.

– Oh ! Il faudra se contenter de pommes, répondit Lucy. Allons en cueillir. Nous n'avons encore rien fait et nous sommes ici depuis près de deux jours.

– De toute façon, plus personne n'aura mon chapeau comme panier à poissons ! avertit Edmund.

Ils utilisèrent l'un des imperméables comme une sorte de sac et mirent dedans une bonne quantité de pommes. Ensuite, ils burent longuement au puits (car ils n'auraient plus d'eau douce avant d'arriver à l'embouchure du ruisseau) puis ils descendirent vers leur bateau. Les enfants étaient tristes de quitter Cair Paravel car, même en ruine, il leur donnait l'impression d'être chez eux.

– Il serait préférable que le CPA tienne le gouvernail, décida Peter. Edmund et moi allons prendre chacun une rame. Mais, un instant : nous ferions mieux d'enlever notre cotte de mailles, car nous risquons d'avoir très chaud avant d'être arrivés. Les filles auraient intérêt à se mettre à l'avant, pour crier la direction au CPA, parce qu'il ne connaît pas le chemin. Vous feriez bien de nous emmener assez loin en mer, jusqu'à ce que nous ayons dépassé l'île.

Peu à peu, la côte boisée et verdoyante de l'île s'éloigna derrière eux, ses petites baies et ses péninsules commencèrent à perdre leur relief, et le bateau se mit à monter et à descendre, au gré de la houle légère. Le paysage marin s'élargit autour d'eux, et, à une certaine distance, la mer devint plus bleue mais, juste autour du bateau, l'eau était verte et irisée de bulles. Tout sentait le sel, et il n'y avait aucun bruit en dehors du bruissement de la mer, des clapotis de l'eau contre la coque, du plongeon des rames et de leurs à-coups contre leurs tolets. Le soleil devenait très chaud.

C'était un voyage délicieux pour Lucy et Susan qui, à l'avant, se penchaient par-dessus bord et essayaient de plonger leurs mains dans la mer, sans jamais vraiment réussir à la toucher. Elles voyaient, au-dessous d'elles, le fond de la mer, composé, la plupart du temps, de sable fin et clair, mais ponctué parfois de quelques taches d'algues violettes.

— C'est comme dans l'Ancien Temps, remarqua Lucy. Vous vous rappelez nos voyages vers Térébinthe, et Galma, et les Sept-Îles, et les îles Solitaires ?

— Oui, répondit Susan, et notre grand navire, le *Splendor Hyaline*, avec sa tête de cygne à la proue, et les ailes de cygne sculptées qui se déployaient presque jusqu'au passavant ?

— Et les voiles de soie, et les grandes lanternes de poupe ?

— Et les festins sur la dunette, et les musiciens ?

— Vous rappelez-vous les musiciens qui jouaient de la flûte, là-haut, dans le gréement, de sorte qu'on avait l'impression que c'était une musique qui venait du ciel ?

Susan prit bientôt la place d'Edmund pour ramer, et il vint rejoindre Lucy à l'avant. Ils avaient dépassé l'île, à présent, et ils naviguaient plus près du rivage, qui était entièrement boisé et complètement désert. Ils l'auraient trouvé très pittoresque, s'ils ne s'étaient souvenus du temps où il était dégagé, éventé par des brises légères et peuplé d'amis joyeux.

— Oh ! Quel travail éreintant ! soupira Peter.

— Est-ce que je peux ramer un peu ? proposa Lucy.

— Les rames sont trop lourdes pour toi ! coupa Peter sèchement, non parce qu'il était fâché, mais parce qu'il ne voulait pas gaspiller ses forces en paroles inutiles.

Chapitre 9

Ce que vit Lucy…

Susan et les deux garçons en eurent complètement assez de ramer bien avant de doubler le dernier cap et d'entreprendre la remontée des eaux de Cristal ; Lucy, elle, avait mal à la tête, après ces longues heures passées en plein soleil, face à l'éclat aveuglant de l'eau. Trompillon lui-même avait envie que le voyage se termine. Le siège sur lequel il était assis pour tenir le gouvernail avait été fait pour des hommes, non pour des nains, et ses pieds ne touchaient pas le plancher ; et tout le monde sait à quel point cette position est inconfortable, même pour dix minutes. Et, puisqu'ils étaient tous de plus en plus fatigués, leur courage diminua. Jusqu'alors, les enfants avaient seulement pensé aux moyens de rejoindre Caspian. À présent, ils se demandaient ce qu'ils feraient lorsqu'ils le trouveraient; ils se demandaient aussi comment une poignée de nains, et quelques créatures des bois, pourraient battre une armée d'humains adultes.

Le crépuscule tombait quand ils remontèrent, en ramant doucement, les méandres du ruisseau des eaux de Cristal, un crépuscule qui s'assombrit encore lorsque les deux rives se rapprochèrent, et que les arbres qui les surplombaient se touchèrent presque au-dessus de leurs têtes. Tout était très silencieux dans ce tunnel, maintenant que le bruit de la mer s'était atténué derrière eux; ils pouvaient distinguer le ruissellement des minuscules filets d'eau qui jaillissaient dans la forêt et se jetaient dans les eaux de Cristal.

Ils descendirent finalement à terre, beaucoup trop fatigués pour essayer d'allumer un feu; et un dîner de pommes (bien que presque tous eussent le sentiment qu'ils ne pourraient plus jamais voir une pomme de leur vie!) leur parut néanmoins préférable à toute tentative d'attraper, ou de tirer, quelque chose. Après avoir mastiqué en silence, ils se couchèrent, serrés les uns contre les autres, sur de la mousse et des feuilles sèches, entre quatre grands hêtres.

Tout le monde, à l'exception de Lucy, s'endormit immédiatement. Lucy, qui était nettement moins fatiguée, eut du mal à trouver une position confortable. Et puis elle avait complètement oublié que les nains ronflaient. Elle savait que l'un des meilleurs moyens pour s'endormir est de ne pas s'y efforcer, et c'est pourquoi elle ouvrit les yeux. Par une trouée entre les fougères et les branchages, elle aperçut une parcelle d'eau dans le ruisseau reflétant le ciel juste au-dessus. Et, avec l'émotion du souvenir, elle revit, après toutes ces années, les brillantes étoiles de Narnia. Autrefois, elle avait appris à les connaître beaucoup mieux que les étoiles de notre monde, parce que, reine à Narnia, elle se couchait nettement plus tard qu'enfant, en Angleterre. Et les voilà qui scintillaient de nouveau : trois des constellations de l'été, au moins, étaient visibles de l'endroit où Lucy était allongée : le Vaisseau, le Marteau et le Léopard.

– Cher vieux Léopard ! murmura-t-elle joyeusement pour elle-même.

Au lieu de s'assoupir, elle était de plus en plus réveillée : c'était un étrange état de vigilance nocturne, un peu comme dans un rêve. Le ruisseau brillait de plus en plus. Sans la voir, Lucy comprit que la lune l'éclairait. À présent, elle eut l'impression que la forêt tout entière commençait à se réveiller, comme elle. Alors, ne sachant pas très bien pourquoi elle agissait ainsi, elle se leva rapidement et s'éloigna de leur bivouac.

« C'est merveilleux », se dit-elle. Il faisait frais et de délicieux parfums flottaient partout. Elle entendit, tout près, le gazouillis d'un rossignol, qui se mettait à chanter, puis s'arrêtait, puis reprenait sa mélodie.

Il faisait un peu plus clair, droit devant elle. Elle marcha vers cette lumière et arriva à un endroit où il y avait moins d'arbres et, par conséquent, de larges parcelles de clair de lune comme des flaques ; mais le clair de lune et les ombres étaient tellement étroitement mêlés que l'on n'était sûr ni de leur emplacement, ni de leur réalité. Au même instant, le rossignol, enfin satisfait de ses essais de voix, laissa jaillir son chant dans toute sa plénitude.

Les yeux de Lucy commençaient à s'accoutumer à la lumière, et elle vit plus distinctement les arbres qui étaient les plus proches d'elle. Et elle fut envahie par une immense nostalgie pour les jours anciens, où les arbres de Narnia pouvaient parler. Elle savait exactement comment chacun de ces arbres s'exprimerait, si seulement elle était capable de les éveiller, et quelle forme humaine particulière il revêtirait. Elle examina un bouleau argenté : il aurait une voix douce et mouillée, et ressemblerait à une mince jeune fille, avec des cheveux qui voleraient tout autour de son visage, et elle aimerait beaucoup danser. Elle examina un chêne : ce serait un vieil homme ratatiné, mais chaleureux, avec une barbe crêpelée, des verrues sur son visage et sur ses mains, et des poils poussant sur ces verrues. Elle examina le hêtre sous lequel elle se tenait. Ah ! Ce serait le plus magnifique de tous ! Ce serait une gracieuse déesse, douce et majestueuse, la dame du bois.

– Oh ! arbres, arbres, arbres ! s'écria Lucy (bien qu'elle n'eût pas du tout eu l'intention de parler). Oh ! arbres, éveillez-vous, éveillez-vous, éveillez-vous ! L'avez-vous oublié ? M'avez-vous oubliée ? Dryades et hamadryades, montrez-vous, venez à moi.

Bien qu'il n'y eût pas un souffle d'air, tous frémirent autour d'elle. Le bruissement de leurs feuilles ressemblait à des mots. Le rossignol s'arrêta de chanter, comme s'il voulait écouter. Lucy sentit que, d'un moment à l'autre, elle commencerait à comprendre ce que les arbres essayaient de lui dire. Mais ce moment ne vint pas. Le bruissement s'évanouit. Le rossignol reprit son chant. Et, même dans le clair de lune, le bois retrouva un aspect plus ordinaire. Et pourtant (comme cela arrive parfois, lorsque l'on cherche à se rappeler un nom, ou une date, que l'on y parvient presque, mais que soudain ce mot, ou cette date, s'enfuit avant qu'on l'ait vraiment saisi), Lucy avait le sentiment qu'elle avait simplement oublié une petite chose : peut-être avait-elle parlé aux arbres une fraction de seconde trop tôt, ou une fraction de seconde trop tard ; peut-être avait-elle utilisé tous les bons mots, sauf un ; peut-être avait-elle employé un seul mot, qui était mauvais.

Tout à coup, elle se sentit fatiguée. Elle retourna au bivouac, se nicha entre Susan et Peter et s'endormit en quelques minutes.

Ce fut un réveil morne et froid, le lendemain matin, avec de la grisaille dans le bois (car le soleil ne s'était pas encore levé), de l'humidité et de la boue partout

— Encore des pommes ! dit Trompillon, avec un sourire lugubre. Je dois dire que vous, les anciens rois et reines, ne nourrissez pas trop vos courtisans !

Ils se levèrent, se secouèrent et regardèrent autour d'eux. Les arbres étaient touffus, serrés et, quel que soit le côté où ils se tournaient, ils ne pouvaient voir qu'à quelques mètres.

— Je suppose que Vos Majestés connaissent parfaitement le chemin ? dit le nain.

— Non, répondit Susan. C'est la première fois de ma vie que je vois ces bois. En fait, pendant tout le trajet, j'ai pensé que nous aurions dû prendre la route qui longeait la rivière.

— Alors, je trouve que tu aurais pu le dire plus tôt ! répondit Peter avec une sévérité compréhensible.

— Oh ! Ne faites pas attention à elle, dit Edmund Elle joue toujours les trouble-fête ! Tu as ton compas de poche, n'est-ce pas, Peter ? Bon, alors tout est parfait. Il suffit de continuer vers le nord-ouest, de traverser cette petite rivière, la... Comment la nomme-t-on ? La Vivace...

— Je sais, dit Peter, celle qui rejoint la Grande Rivière au gué de Beruna, ou pont de Beruna, comme l'appelle le CPA.

— C'est exact ! Traversons-la. Montons la colline, et nous serons à la Table de Pierre (je veux dire la colline d'Aslan) vers huit ou neuf heures du matin. J'espère que le roi Caspian nous offrira un bon petit déjeuner !

— Je souhaite que vous ayez raison ! dit Susan. Je ne me rappelle rien de tout cela.

— C'est ce qu'il y a de plus ennuyeux avec les filles, dit Edmund à Peter et au nain. Elles ne peuvent jamais se mettre une carte dans la tête !

— C'est parce que nos têtes sont déjà bien remplies ! rétorqua Lucy.

Au commencement, les choses parurent aller très bien. Les enfants pensaient même avoir retrouvé un vieux sentier ; mais, si vous connaissez un peu les bois, vous savez que l'on est toujours en train de trouver des sentiers imaginaires. Ils disparaissent au bout de cinq minutes ; et puis vous croyez en avoir découvert un autre (et vous espérez que ce n'est pas un autre, mais, plus ou moins, le même), et lui aussi disparaît ; alors, après avoir été complètement détourné de votre direction initiale, vous vous rendez compte qu'aucun de ces sentiers n'en était vraiment un. Les garçons et le nain, toutefois, avaient l'habitude des bois et ne furent pas leurrés plus de quelques secondes.

Il y avait environ une demi-heure qu'ils cheminaient péniblement (trois d'entre eux étaient tout courbaturés d'avoir ramé la veille), lorsque Trompillon chuchota soudain :

— Arrêtez-vous !

Ils s'arrêtèrent tous.

— Il y a quelque chose qui nous suit, dit-il à voix basse. Ou plutôt, quelque chose qui marche à la même allure que nous : là-bas, sur la gauche.

Ils restèrent silencieux, écoutant et observant, jusqu'à ce que leurs oreilles et leurs yeux leur fassent mal.

— Vous et moi ferions mieux de préparer une flèche, glissa Susan à Trompillon.

D'un signe de tête, le nain acquiesça et, lorsque les deux arcs furent bandés, le groupe se remit en marche.

Ils avancèrent d'une vingtaine de mètres, à travers une partie du bois beaucoup moins touffue, en se tenant bien sur leurs gardes. Puis ils arrivèrent à un endroit où les taillis s'épaississaient de nouveau, et ils furent obligés de s'y frayer un chemin. Tout à coup, juste au moment où ils passaient, surgit comme un éclair, en brisant les branches du fourré, quelque chose qui grondait et qui avait des yeux flamboyants ! Lucy fut jetée à terre et à demi suffoquée, mais entendit, en tombant, la vibration d'une corde d'arc. Quand elle reprit ses esprits, elle vit qu'un gros ours gris, à la mine patibulaire, était étendu raide mort par terre, le flanc percé par une flèche de Trompillon.

– Le CPA t'a battue dans ce match-là, Susan ! dit Peter, avec un sourire un peu forcé, car il avait été bouleversé par l'aventure.

– J'ai… j'ai attendu trop longtemps, balbutia-t-elle, d'une voix embarrassée. J'avais si peur que cela puisse être, vous savez, l'un de nos ours, un ours qui parle.. (Elle détestait tuer.)

– Oui, c'est la difficulté, admit Trompillon, maintenant que les bêtes, pour la majorité, sont devenues nos ennemies, et ont perdu la parole ; mais il en reste de l'autre sorte. On ne sait jamais, et l'on n'ose pas attendre pour le savoir.

– Pauvre vieux Brun, s'apitoya Susan. Vous ne pensez pas qu'il était de l'autre sorte ?

– Pas lui, affirma le nain. J'ai vu son visage et j'ai entendu son grognement. Ce qu'il voulait, c'est une petite fille pour son petit déjeuner. En parlant de petit déjeuner, je n'ai pas voulu décourager Vos Majestés, lorsque vous avez dit que vous espériez que le roi Caspian vous en offrirait un bien copieux : mais la viande est très rare dans le camp. Et il y a beaucoup de choses à manger sur un ours. Ce serait une honte de laisser la carcasse sans en prendre un peu, et cela ne nous retardera pas de plus d'une demi-heure. J'ose penser que vous, les deux jeunes gens, je devrais dire, les rois, savez dépouiller un ours ?

— Allons nous asseoir plus loin, suggéra Susan à Lucy. Je sais quel horrible et dégoûtant travail ce sera.

Lucy frissonna et répondit oui d'une inclination de la tête. Une fois assise, elle dit :

— Susan, une idée affreuse m'a traversé la tête !

— Quelle est-elle ?

— Ce serait terrible si un jour, dans notre propre monde, chez nous, les hommes commençaient à devenir sauvages, comme les animaux ici, mais conservaient néanmoins une apparence d'homme, de telle sorte qu'on ne saurait jamais qui serait qui...

— Nous avons suffisamment de soucis, ici et maintenant, à Narnia, dit Susan, qui avait l'esprit pratique, sans aller imaginer des choses comme cela !

Lorsqu'elles rejoignirent les garçons et le nain, ils avaient coupé autant de viande, dans les meilleurs morceaux, qu'ils s'estimaient capables d'en porter. La viande crue n'est pas une chose très agréable à mettre dans sa poche, mais ils l'avaient enveloppée dans des feuilles fraîches, et s'étaient arrangés du mieux qu'ils l'avaient pu. Ils avaient tous suffisamment d'expérience pour savoir qu'ils auraient une tout autre attitude, vis-à-vis de ces paquets mous, humides et déplaisants, une fois qu'ils auraient marché assez longtemps pour être vraiment affamés.

Ils reprirent leur pénible progression (ne s'arrêtant qu'une fois, afin de laver, dans le premier ruisseau qu'ils rencontrèrent, trois paires de mains qui en avaient grand besoin), et ils marchèrent jusqu'à ce que le soleil se lève, que les oiseaux se mettent à chanter et que plus de mouches qu'ils ne l'auraient souhaité bourdonnent dans les fougères. La raideur, causée par leurs exercices de rame de la veille, disparaissait peu à peu. Chacun reprit courage. Le soleil devint plus chaud ; ils enlevèrent leurs casques et les portèrent à la main.

— Je suppose que nous marchons dans la bonne direction ? demanda Edmund, environ une heure plus tard.

— Je ne vois pas comment nous pourrions nous tromper, tant que nous ne prenons pas trop à gauche, répondit Peter. Et si nous prenons trop à droite, le pire qui puisse nous arriver, c'est de perdre un peu de temps, en tombant sur la Grande Rivière trop tôt, manquant ainsi notre raccourci.

Ils se remirent à avancer laborieusement. On n'entendait rien d'autre que le bruit mat et lourd de leurs pieds et le cliquetis de leurs cottes de mailles.

— Où peut bien se trouver cette Vivace ? dit Edmund un bon moment plus tard.

— Je pense, en effet, que nous aurions déjà dû la rencontrer, admit Peter. Mais il n'y a rien d'autre à faire que continuer.

Ils savaient tous deux que, sans rien dire, le nain les observait avec inquiétude.

Et la pénible marche reprit une nouvelle fois encore, et leurs cottes de mailles commencèrent à peser fort lourd sur leurs épaules et à leur tenir très chaud.

— Diable ! Qu'est-ce que c'est que ça ? demanda soudain Peter.

Sans le savoir, ils étaient presque arrivés au bord

d'un petit précipice et, de là, leur regard plongeait dans une gorge, au fond de laquelle coulait une rivière. De l'autre côté, les falaises s'élevaient beaucoup plus haut. Personne dans le groupe, à l'exception d'Edmund (et peut-être de Trompillon), n'était un grimpeur.

— Je suis désolé, dit Peter. C'est ma faute si nous sommes venus par ici. Nous sommes perdus. Je n'ai jamais vu cet endroit de ma vie.

Le nain siffla doucement entre ses dents.

— Oh ! Revenons en arrière et prenons l'autre chemin ! supplia Susan. J'ai toujours su que nous nous perdrions dans ces bois !

- Susan, dit Lucy, d'une voix chargée de reproches, ne houspille pas Peter ! C'est tellement compliqué, et il fait de son mieux !

— Et toi, ne reprends pas Susan si vertement ! coupa Edmund. Je trouve qu'elle a parfaitement raison !

— Cruches et carapaces ! s'exclama Trompillon. Si nous nous sommes perdus en venant, quelle chance avons-nous de retrouver notre chemin, en retournant en arrière ? Et si nous devons regagner l'île et tout recommencer à zéro – à supposer que nous le puissions – nous ferions aussi bien de tout abandonner ! Miraz en aura fini avec Caspian avant que nous n'arrivions si nous avançons à cette allure !

— Vous pensez que nous devons continuer ? demanda Lucy.

— Je ne suis pas certain que le roi suprême soit perdu, répondit Trompillon. Qu'est-ce qui empêche cette rivière d'être la Vivace ?

— Mais la Vivace ne se trouve pas dans une gorge, dit Peter, qui avait du mal à garder son calme.

— Votre Majesté dit : « ne se trouve pas », répliqua le nain, mais ne devriez-vous pas dire : « ne se trouvait pas ». Vous avez connu ce pays il y a des centaines, sans doute même des milliers d'années. Il peut très bien avoir changé. Un glissement de terrain peut avoir arraché la moitié de cette colline, laissant des rochers nus, ce qui explique les précipices, de l'autre côté. Ensuite, la Vivace a très bien pu, au fil des années, creuser son lit, ce qui a créé le petit précipice de ce côté-ci. Ou bien il peut y avoir eu un tremblement de terre, ou quelque chose d'autre encore.

— Je n'avais pas pensé à cela, avoua Peter.

— Et de toute façon, poursuivit Trompillon, même si cette rivière n'est pas la Vivace, elle coule, plus ou moins, vers le nord, et donc, elle doit forcément se jeter dans la Grande Rivière. Je crois, d'ailleurs, avoir croisé quelque chose qui y ressemblait, en venant à votre rencontre. C'est pourquoi, si nous tournons à droite et que nous descendions, nous sommes obligés de tomber sur la Grande Rivière. Sans doute pas aussi haut que nous l'avions espéré, mais, au moins, ça ne sera pas pire que si vous aviez pris mon chemin.

— Trompillon, vous êtes un type formidable ! s'écria Peter. Venez ! Descendons de ce côté du ravin !

— Regardez ! Regardez ! Regardez ! s'exclama Lucy.

— Où ? Quoi ? demandèrent tous les autres.

— Le Lion, dit Lucy. Aslan lui-même. Vous ne l'avez pas vu ?

Son visage était complètement transformé et ses yeux étincelaient.

— Tu veux vraiment dire… commença Peter.

— Où penses-tu l'avoir vu ? demanda Susan.

— Ne parle pas comme une grande personne, dit Lucy, en tapant du pied. Je ne *pense* pas l'avoir vu. Je l'ai vu.

— Où, Lucy ? demanda Peter.

— Là-haut, entre ces sorbiers. Non, de ce côté de la gorge. Et en haut, pas en bas. Exactement à l'opposé du côté où vous voulez aller. Et il souhaitait que nous allions à l'endroit où il se trouvait, là-haut.

— Comment sais-tu que c'est ce qu'il voulait ? demanda Edmund.

— Je… je… je le sais, répondit Lucy, rien qu'à voir son visage.

Les autres s'entre-regardaient dans un silence embarrassé.

— Sa Majesté peut très bien avoir vu un lion, admit Trompillon. Il y a des lions, dans ces bois, on me l'a dit. Mais ce n'est pas forcément un lion ami, ni un lion qui parle, pas plus que cet ours n'était un ours ami, ni un ours qui parlait.

— Oh ! Ne soyez pas si stupides ! se fâcha Lucy. Pensez-vous que je ne reconnaisse pas Aslan quand je le vois ?

— Si c'est un lion que vous avez connu, quand vous étiez ici autrefois, il serait maintenant vraiment très, très vieux. Et si, par hasard, il se pouvait que cela soit le même, qu'est-ce qui l'empêcherait d'être devenu sauvage, et sans esprit, comme tant d'autres ?

Lucy devint cramoisie, et je pense qu'elle se serait jetée sur Trompillon si Peter n'avait pas posé sa main sur son bras.

– Le CPA ne comprend pas. Comment le pourrait-il ? Vous devez simplement admettre, Trompillon, que nous connaissons vraiment Aslan ; que nous le connaissons vraiment un peu, je veux dire. Et il ne faut plus jamais parler de lui de cette façon. D'une part, cela ne porte pas chance, d'autre part, c'est complètement insensé. La seule question est de savoir si Aslan se trouvait vraiment là.

– Mais je sais qu'il y était, dit Lucy, les yeux pleins de larmes.

– Oui, Lucy, mais pas nous, vois-tu, dit Peter.

– Il n'y a rien d'autre à faire que de voter, suggéra Edmund.

– D'accord, approuva Peter. Vous êtes le plus âgé, CPA. Pour quelle solution votez-vous ? Nous montons ou nous descendons ?

– Nous descendons, dit le nain. Je ne sais rien d'Aslan. Mais je sais que si nous tournons à gauche et que nous suivons la gorge en montant, cela peut nous entraîner tout le jour, avant que nous ne trouvions un endroit où nous pourrons la traverser. Tandis que si nous tournons à droite et que nous descendons, nous sommes obligés d'atteindre la Grande Rivière dans quelques heures environ. Et s'il y a de vrais lions dans les parages, nous préférons nous éloigner d'eux, plutôt que d'aller à leur rencontre.

– Que réponds-tu, Susan ?

— Ne te fâche pas, Lucy, dit-elle, mais je pense vraiment que nous devons descendre Je suis morte de fatigue. Laisse-nous sortir de ce bois abominable et gagner un terrain découvert aussi vite que nous le pourrons. Personne, à part toi, n'a vu *quelque chose*.

— Edmund, dit Peter.

— Eh bien, voilà, dit Edmund, en parlant rapidement et en rougissant un peu. Lorsque nous avons découvert Narnia, il y a un an — ou mille ans, peu importe —, c'est Lucy qui l'a découvert en premier, et aucun de nous n'a voulu la croire. Je fus le pire, je le sais. Et pourtant, elle avait raison. Ne serait-il pas juste de la croire cette fois ? Je vote pour que nous montions !

— Oh ! Edmund ! s'écria Lucy, et elle lui prit la main.

— Maintenant, c'est ton tour, Peter, dit Susan, et j'espère…

— Oh ! Tais-toi, tais-toi, et laisse-moi réfléchir, interrompit Peter. Je préférerais ne pas être obligé de voter…

— Vous êtes le roi suprême, dit Trompillon gravement.

— Nous descendons, dit Peter, au bout d'un long moment. Je sais qu'il est très possible que Lucy ait raison, mais je ne peux pas m'empêcher d'en décider ainsi. Il faut bien choisir.

C'est ainsi qu'ils partirent sur leur droite, le long de la crête, suivant le fleuve vers la vallée. Lucy était la dernière et elle pleurait amèrement…

Chapitre 10

Le retour du Lion

Suivre la crête de la gorge ne fut pas aussi facile que cela avait semblé à première vue. Avant d'être allés très loin, ils se trouvèrent confrontés à un bois de jeunes sapins qui poussaient au bord même du précipice ; après avoir essayé de le traverser, pendant dix minutes environ, en se baissant, en tentant de se frayer de force un passage, ils se rendirent compte que, dans cette jungle, cela leur prendrait plus d'une heure pour parcourir un kilomètre. C'est pourquoi ils rebroussèrent chemin, ressortirent du bois de sapins et décidèrent de le contourner. Cela les déporta beaucoup plus loin, sur leur droite, qu'ils ne l'auraient souhaité ; ils étaient maintenant hors de vue des falaises et hors d'écoute du bruit de la rivière, si bien qu'ils se mirent à redouter de l'avoir complètement perdue. Personne ne savait l'heure, mais l'on approchait de la partie la plus chaude de la journée

Lorsque, finalement, ils purent retourner au bord de la gorge (environ un kilomètre et demi en aval de leur point de départ), ils découvrirent que les falaises, de leur côté, étaient devenues nettement moins hautes et beaucoup plus accidentées. Ils repérèrent bientôt un passage qui leur permit de pénétrer dans le ravin, et ils continuèrent leur voyage au bord de la rivière. Mais, tout d'abord, ils se reposèrent un peu et burent longuement. Personne ne parlait plus de petit déjeuner avec Caspian, ni même de dîner.

À marcher le long de la crête, il était sans doute raisonnable de préférer rester tout près de la Vivace : de la sorte, ils étaient certains de la direction à suivre ; et, depuis l'incident du bois de sapins, ils redoutaient tous d'être détournés de leur chemin, et de se perdre dans le bois. Car c'était une vieille forêt dépourvue de sentiers frayés, et il était impossible d'y suivre une direction continue : d'inextricables fouillis de ronces sauvages, des arbres tombés, des marécages et des broussailles touffues se seraient toujours mis en travers de votre chemin. Mais le ravin de la Vivace n'était pas non plus un endroit où l'on pouvait aisément circuler. Je veux dire que ce n'était pas un endroit où des gens pressés pouvaient aisément se déplacer. Pour une balade, l'après-midi, qui se serait terminée par un pique-nique, ce ravin aurait été un endroit tout à fait charmant. Il offrait tout ce que vous pouviez désirer en pareille occasion : des chutes d'eau sonores, des cascades d'argent, des mares profondes, couleur d'ambre, des rochers couverts de mousse, et de la mousse également sur les berges, et si épaisse que vous y enfonciez jusqu'aux chevilles, toutes les variétés de fougères, des libellules étincelantes comme des joyaux, parfois, un faucon, planant au-dessus de vos têtes, et même, une fois (Peter et Trompillon le crurent tous deux) un aigle. Mais, évidemment, ce que les enfants et le nain désiraient voir le plus vite possible, c'était la Grande Rivière, en aval, et Beruna, et la route menant à la colline d'Aslan.

Au fur et à mesure qu'ils avançaient, la pente de la Vivace devenait plus abrupte. Leur voyage ressemblait de plus en plus à une escalade et de moins en moins à de la marche, et, même à certains endroits, à une escalade dangereuse, sur des rochers glissants, à pic au-dessus de gouffres sombres, avec la rivière qui grondait furieusement dans le fond.

Vous pouvez être certain qu'ils observaient passionnément les falaises, sur leur gauche, dans l'espoir d'y découvrir une brèche, ou un endroit où ils pourraient les escalader ; mais ces falaises restaient cruelles. C'était à devenir fou, car chacun savait que, s'ils pouvaient sortir du ravin de ce côté, ils n'auraient plus qu'une petite pente à descendre, et un court trajet à effectuer, pour rejoindre le quartier général de Caspian.

Les garçons et le nain étaient maintenant partisans d'allumer un feu et de cuire leur viande d'ours. Susan n'était pas de cet avis ; elle ne désirait qu'une chose, c'était, disait-elle « continuer, en finir et sortir de ces maudits bois ». Quant à Lucy, elle était mille fois trop fatiguée et malheureuse pour avoir une quelconque opinion sur quoi que ce soit. Mais comme il n'y avait pas de bois sec, l'opinion des uns et des autres importait en fait fort peu. Les garçons commencèrent à se demander si la viande crue était vraiment aussi dégoûtante qu'on le leur avait toujours dit. Trompillon leur certifia que oui.

Naturellement, si les enfants avaient entrepris un voyage pareil quelques jours plus tôt en Angleterre, ils auraient été complètement éreintés. Je pense avoir expliqué plus tôt comment Narnia les métamorphosait. Lucy elle-même était, pour ainsi dire, devenue un tiers de la petite fille partant en pension pour la première fois, et deux tiers de la reine Lucy de Narnia.

— Enfin ! cria Susan.

— Hourra ! s'exclama Peter.

Le ravin et la rivière venaient juste de faire un coude et toute une vaste perspective se déploya au-dessous d'eux. Ils pouvaient voir une région entière s'étirer à découvert jusqu'à l'horizon et, entre eux et cette région, le large ruban d'argent de la Grande Rivière. Et de cette rivière, ils voyaient la portion particulièrement large et peu profonde, qui avait été jadis le gué de Beruna mais qui, à présent, était enjambée par un pont très long, à plusieurs arches. Il y avait une petite ville à l'extrémité du pont.

— Bigre ! s'écria Edmund. Nous avons livré la bataille de Beruna juste à l'endroit où est située la ville !

Plus que toute autre chose, ce souvenir ragaillardit les garçons. Vous ne pouvez pas vous empêcher de vous sentir plus fort, en voyant un endroit où, il y a plusieurs siècles, vous avez remporté une glorieuse victoire, sans parler d'un royaume. Peter et Edmund furent bientôt tellement occupés à parler de la bataille qu'ils oublièrent leurs pieds douloureux, ainsi que le poids de leurs cottes de mailles sur leurs épaules. Le nain, lui aussi, était très intéressé.

Ils avançaient tous plus rapidement. La marche devint plus aisée. Bien qu'il y eût encore des falaises à pic sur leur gauche, le terrain s'aplanissait sur leur droite. Bientôt, il n'y eut plus de ravin, mais simplement une vallée. Il n'y avait plus de chutes d'eau, non plus, et, pour le moment, ils se trouvaient de nouveau dans des bois assez touffus.

Et puis soudain, wizzz ! retentit un bruit assez proche de celui que fait un pivert. Les enfants étaient encore en train de se demander où (il y a des siècles) ils avaient déjà entendu un bruit semblable, et pourquoi ils le détestaient tant, lorsque Trompillon hurla :

– Couchez-vous !

Et, au même moment, il força Lucy (qui se trouvait par hasard près de lui) à s'aplatir dans les fougères. Peter, qui regardait en l'air pour voir s'il pouvait repérer un écureuil, avait vu ce qui avait causé ce bruit : une longue et cruelle flèche s'était fichée dans le tronc d'un arbre, juste au-dessus de sa tête. À l'instant où il plaquait Susan au sol et s'y jetait lui-même, une autre flèche siffla au-dessus de son épaule et s'enfonça dans le sol à côté de lui

– Vite ! Vite ! En arrière ! Rampez ! ordonna Trompillon, en haletant.

Ils firent demi-tour et remontèrent la colline en progressant à plat ventre sous les fougères, parmi des nuages de mouches qui bourdonnaient affreusement. Les flèches pleuvaient autour d'eux. L'une toucha le casque de Susan, avec un bruit aigu et cinglant, puis ricocha. Ils rampèrent plus vite, ruisselant de sueur. Puis ils coururent, courbés en deux, les garçons tenant leurs épées à la main, de peur qu'elles ne les fassent trébucher.

Cela leur fendait le cœur de remonter la colline et de se retrouver sur un terrain qu'ils avaient déjà parcouru. Quand ils sentirent que, vraiment, ils ne pourraient plus faire un pas de plus, même pour sauver leurs vies, ils se laissèrent tous tomber sur la mousse humide, près d'une chute d'eau, derrière un gros rocher, totalement à bout de souffle. Ils furent surpris de constater à quelle hauteur ils étaient déjà parvenus.

Ils écoutèrent intensément et n'entendirent aucun bruit de poursuite.

— De ce côté-là, ça va, constata Trompillon, en prenant une grande respiration. Ils n'ont pas entrepris de recherches dans le bois. Ce n'étaient que des sentinelles, j'espère. Mais cela signifie que Miraz a un avant-poste juste en bas. Bouteilles et battoirs ! Il s'en est fallu de peu !

— Je devrais recevoir des claques pour vous avoir conduits par ce chemin ! dit Peter.

— Pas du tout, Votre Majesté, dit le nain. D'abord, ce n'est pas vous, mais c'est votre royal frère Edmund qui, le premier, suggéra de passer par le ruisseau des eaux de Cristal.

— Je crains que le CPA n'ait raison, dit Edmund qui, tout à fait honnêtement, avait oublié ce point, depuis que les choses avaient commencé à aller de travers.

— Et ensuite, poursuivit Trompillon, si nous avions pris mon chemin, nous aurions très vraisemblablement marché droit sur ce poste de garde ; ou bien nous aurions rencontré les mêmes difficultés pour l'éviter. Je pense que cet itinéraire des eaux de Cristal s'est révélé le meilleur.

— Une bénédiction déguisée ! ironisa Susan.

— Fameusement déguisée ! renchérit alors Edmund.

— Je suppose que nous serons obligés de remonter le ravin, maintenant, dit Lucy.

— Lucy, tu es une héroïne ! déclara Peter. Car c'était le moment ou jamais, aujourd'hui, où tu aurais pu nous dire : « *Je vous avais prévenus !* Partons ! »

— Dès que nous serons bien enfoncés dans la forêt, annonça Trompillon, et tant pis pour ce que chacun dira, je vais allumer un feu et faire cuire le dîner. Mais nous devons d'abord nous éloigner carrément d'ici.

Il est inutile de décrire les peines que leur coûta la remontée du ravin. Ce fut une entreprise extrêmement pénible mais, assez curieusement, chacun se sentait plus gai. Les enfants reprenaient haleine, et le mot dîner avait eu un effet merveilleux.

Il faisait encore jour lorsqu'ils atteignirent le bois de sapins qui leur avait causé tant de tracas, et ils bivouaquèrent dans une sorte de cuvette, juste au-dessus. Ce fut fatigant et ennuyeux de ramasser du bois pour le feu, mais quelle splendeur quand le feu s'embrasa ! Ils sortirent alors de leurs poches les paquets de viande d'ours, humides et maculés, et qui auraient paru tellement répugnants à quiconque aurait passé la journée enfermé chez lui. Le nain avait des idées magnifiques en matière de cuisine. Chaque pomme (ils en avaient encore quelques-unes) fut enveloppée dans de la viande d'ours – comme si l'on voulait préparer une pomme enrobée, mais qu'on se servait de viande au lieu de pâte, ce qui la rendait beaucoup plus épaisse – et piquée sur un bâton pointu, puis rôtie. Le jus de la pomme imprégna toute la viande, comme le fait la compote avec le rôti de porc. Les ours qui se sont nourris principalement d'autres animaux ne sont pas très savoureux, mais l'ours qui a mangé beaucoup de miel et de fruits est excellent ; et c'était justement de cette sorte d'ours qu'il s'agissait. Ce fut vraiment un repas superbe ! Et, bien entendu, il n'y avait pas de vaisselle à faire ! Il suffit, après le dîner, de s'étendre, de regarder la fumée qui montait de la pipe de Trompillon, d'étirer ses jambes et de bavarder. Chacun avait bon espoir, à présent, de trouver le roi Caspian le lendemain et de battre Miraz en quelques jours. Ce n'était peut-être pas raisonnable d'avoir cette impression, mais c'était ainsi.

Ils s'endormirent l'un après l'autre, mais tous très rapidement.

Lucy s'éveilla du plus profond sommeil que vous puissiez imaginer, avec le sentiment que la voix qu'elle aimait le plus au monde l'avait appelée par son nom. Elle crut d'abord que c'était la voix de son père, mais ce n'était pas exactement cela. Ensuite, elle pensa que c'était la voix de Peter, mais ce n'était pas cela non plus. Elle n'avait pas envie de se lever ; non qu'elle fût encore fatiguée – au contraire, elle était merveilleusement reposée et toutes ses douleurs s'étaient envolées – mais parce qu'elle se sentait extrêmement heureuse et délicieusement bien. Elle contemplait la lune de Narnia, qui est plus grande que la nôtre, et le ciel étoilé, car l'endroit où ils avaient établi leur camp était assez dégagé.

– Lucy, l'appela-t-on une seconde fois.

Ce n'était ni la voix de son père, ni celle de Peter. Elle s'assit, tremblant non pas de crainte, mais d'excitation. La lune était si brillante que tout le paysage forestier, autour d'elle, était presque aussi clair qu'en plein jour, tout en ayant l'air plus sauvage. Derrière elle se trouvait le bois de sapins ; loin, sur sa droite, les crêtes dentelées de l'autre précipice ; droit devant elle, un espace d'herbe, menant à une clairière entourée d'arbres, situés à une portée de flèche. Lucy examina intensément les arbres de cette clairière. « Eh bien, je crois vraiment qu'ils bougent, se dit-elle. Ils se promènent. »

Elle se leva, son cœur battant violemment, et marcha à leur rencontre. Il y avait, c'était certain, du bruit dans la clairière, un bruit semblable à celui que font les arbres secoués par un grand vent, et pourtant il n'y avait pas de vent ce soir. Toutefois, ce n'était pas un bruit d'arbre habituel. Lucy eut l'impression qu'il s'y mêlait un air de musique. Mais elle ne pouvait pas plus en discerner la mélodie qu'elle n'avait été capable de saisir des mots lorsque les arbres avaient été sur le point de lui parler, la nuit précédente. Il y avait, tout du moins, une cadence : en se rapprochant, elle sentit que ses pieds avaient envie de danser ! Maintenant, il n'y avait plus aucun doute : les arbres bougeaient réellement ; ils avançaient, ils reculaient et ils se croisaient, comme s'ils participaient à une danse campagnarde très compliquée. « Je suppose, se dit Lucy, que lorsque les arbres dansent, ce doit être une danse très, très campagnarde ! » Elle se trouvait presque parmi eux, désormais.

Le premier arbre qu'elle observa ne ressemblait apparemment pas à un arbre, mais à un homme immense, avec une barbe hirsute et de grosses touffes de cheveux en broussaille. Elle n'eut pas peur ; elle avait déjà vu des prodiges pareils auparavant. Lorsqu'elle le regarda une seconde fois, ce n'était plus qu'un arbre, bien qu'il fût encore en train de remuer. Il était impossible de voir s'il avait des pieds ou des racines, naturellement, car, pendant qu'ils bougent, les arbres ne marchent pas à la surface de la terre, ils pataugent dedans, comme nous pataugeons dans l'eau. Le même phénomène se produisit avec tous les arbres qu'elle regarda. Pendant un moment, ils avaient l'air d'être ces formes aimables et ravissantes de géants et de géantes que les esprits des arbres revêtent lorsqu'une magie bénéfique les éveille complètement à la vie ; le moment suivant, ils avaient tous l'air d'être de nouveau des arbres. Mais quand ils ressemblaient à des arbres, c'était à des arbres étrangement humains, et quand ils ressemblaient à des êtres vivants, c'était à des êtres vivants étrangement branchus et feuillus… Et, durant tout ce temps, il y avait ce bruit bizarre, rythmé, bruissant, frais et joyeux.

« Ils sont presque éveillés, se dit Lucy, mais pas complètement. »

Elle savait que, pour sa part, elle était complètement éveillée, beaucoup plus qu'on ne l'est normalement.

Elle avança sans crainte parmi eux, dansant elle-même en sautillant de-ci, de-là, pour éviter d'être renversée par ces immenses partenaires. Mais elle n'était qu'à demi intéressée par eux. Elle désirait aller au-delà d'eux, vers quelque chose d'autre ; c'était de là-bas, au-delà des arbres, que la voix bien-aimée l'avait appelée.

Bientôt, elle traversa leurs lignes (ne sachant pas très bien si elle s'était servie de ses bras pour écarter des branches, ou pour, dans une grande chaîne, donner la main à d'immenses danseurs, qui se baissaient afin de l'atteindre), car ils formaient réellement une couronne d'arbres autour d'une clairière centrale. Elle sortit de la zone où leurs ombres mouvantes et les lumières changeantes se mêlaient si joliment.

Elle remarqua un cercle d'herbe, lisse comme une pelouse, avec des arbres sombres, qui dansaient alentour. Et puis, oh ! joie ! Il était là, l'immense Lion, d'une blancheur éblouissante, dans le clair de lune, avec son immense ombre noire en dessous de lui.

Sans le mouvement de sa queue, on aurait pu croire qu'il était un lion de pierre, mais cette pensée n'effleura même pas l'esprit de Lucy. Elle ne s'arrêta pas une seconde pour savoir s'il était bien disposé ou non. Elle se précipita vers lui. Elle sentait que son cœur allait éclater si elle perdait une seule seconde. Un instant plus tard, elle l'embrassait, elle nouait ses bras autour de son cou, aussi étroitement qu'elle le pouvait, et elle enfouissait son visage dans sa magnifique et opulente crinière soyeuse.

– Aslan, Aslan. Cher Aslan, sanglota Lucy. Enfin !

Le grand fauve se roula sur le côté, de telle sorte que Lucy tomba, à moitié assise, à moitié couchée, entre ses pattes de devant. Il se pencha et toucha légèrement le nez de Lucy avec sa langue. Son souffle chaud l'enveloppa tout entière. Elle contempla la large face empreinte de sagesse.

– Bienvenue, enfant, dit-il.

– Aslan, dit Lucy, vous êtes plus grand ?

– C'est parce que tu es plus âgée, répondit-il.

– Vous ne l'êtes pas ?

– Non. Mais chaque fois que tu auras un an de plus, tu me trouveras plus grand.

Elle était si heureuse que, pendant un moment, elle ne voulut pas parler. C'est Aslan qui parla.

– Lucy, dit-il, nous ne devons pas rester ici longtemps. Nous avons du travail devant nous, et beaucoup de temps a été perdu aujourd'hui.

– Oui, c'était vraiment dommage, dit-elle. Je vous ai vu. Ils ne voulaient pas me croire. Ils sont tous si…

De quelque part tout au fond du corps d'Aslan monta le début du commencement d'un grognement.

– Je suis désolée, dit Lucy, qui comprenait certaines de ses humeurs. Je n'avais pas l'intention de commencer à critiquer les autres. Mais ce n'était pas ma faute, tout de même ?

Le Lion la regarda droit dans les yeux.

– Oh ! Aslan, dit-elle. Vous ne voulez pas dire que c'était ma faute ? Comment aurais-je… aurais-je pu quitter les autres, et comment aurais-je pu monter vous trouver, toute seule ? Comment ? Ne me regardez pas comme ça… Bon, je suppose que je l'aurais pu… Oui, et je n'aurais pas été seule, je le sais, pas si j'étais avec vous. Mais quel aurait été l'avantage ?

Aslan ne répondit rien.

– Vous voulez dire, murmura-t-elle, d'une voix plutôt éteinte, que cela se serait bien terminé… d'une manière ou d'une autre ? Mais comment ? Je vous en prie, Aslan ! Ne puis-je pas le savoir ?

– Savoir ce qui serait arrivé, enfant ? dit le Lion. Non. Personne ne le sait jamais.

– Oh ! fit Lucy.

– Mais chacun peut découvrir ce qui arrivera, dit Aslan. Si tu retournes auprès des autres maintenant, et que tu les réveilles, et que tu leur dises que tu m'as vu de nouveau, et que vous deviez tous vous lever immédiatement et me suivre… qu'arrivera-t-il ? Il n'y a qu'un seul moyen de le savoir.

– Vous voulez dire que c'est ce que vous voulez que je fasse ? demanda-t-elle, avec un sursaut de surprise.

– Oui, petite fille, dit Aslan.

– Est-ce que les autres vous verront aussi ? demanda Lucy.

– Certainement pas au début, dit le Lion. Plus tard, cela dépend.

– Mais ils ne me croiront pas, dit Lucy.

– Cela n'a pas d'importance, répondit Aslan.

143

– Oh! là! là! Oh! là! là! gémit Lucy. Moi qui étais si contente de vous retrouver. Et je pensais que vous me permettriez de rester. Et je croyais que vous seriez apparu en rugissant, et que vous auriez épouvanté et mis en fuite tous les ennemis… comme la dernière fois. Et maintenant, tout va être affreux.

– C'est dur pour toi, petite fille, dit Aslan. Mais les choses ne se produisent jamais deux fois de la même façon. Cela a déjà été pénible pour nous tous, à Narnia, dans le passé.

Lucy enfouit sa tête dans la crinière d'Aslan, pour se soustraire à son regard. Mais il devait y avoir de la magie dans cette crinière. Elle sentit la force du Lion pénétrer en elle. Et tout à coup elle se redressa.

– Je suis désolée, Aslan, dit-elle. Je suis prête, maintenant.

– Maintenant, tu es une lionne, déclara Aslan. Et maintenant, tout Narnia va être régénéré. Mais va. Nous n'avons pas de temps à perdre.

Il se leva et, avec une démarche silencieuse et pleine de majesté, il retourna vers la ceinture d'arbres dansants, à travers laquelle Lucy était venue, et Lucy marchait avec lui, sa main, un peu tremblante, posée sur sa crinière. Les arbres s'écartèrent pour les laisser passer et, l'espace d'une seconde, revêtirent complètement leurs formes humaines. Lucy eut une brève vision de dieux et de déesses des bois, tous grands et beaux, qui s'inclinaient devant le Lion; l'instant suivant, ils étaient de nouveau des arbres, mais ils s'inclinaient encore, avec des mouvements si gracieux de leurs branches et de leurs troncs que leur révérence elle-même était une sorte de danse.

— Maintenant, enfant, dit Aslan, lorsqu'ils eurent laissé les arbres derrière eux, je vais attendre ici. Va réveiller les autres et dis-leur de te suivre. S'ils ne veulent pas, alors toi, au moins, devras me suivre seule.

C'est une mission terrible d'être obligée de réveiller quatre personnes, toutes plus âgées que vous, et toutes très fatiguées, dans le dessein de leur dire quelque chose qu'elles ne croiront probablement pas, et de leur faire faire quelque chose qu'elles n'aimeront certainement pas. « Je ne dois pas y penser, je dois juste le faire », se dit Lucy.

Elle alla d'abord vers Peter et le secoua.

— Peter, chuchota-t-elle à son oreille. réveille-toi. Vite. Aslan est là. Il dit que nous devons le suivre immédiatement.

— Certainement, Lucy, tout ce que tu veux, répondit-il, d'une manière tout à fait inattendue.

C'était encourageant, mais comme Peter se retourna aussitôt de l'autre côté et se rendormit, cela ne servit pas à grand-chose.

Ensuite, elle essaya Susan. Susan se réveilla pour de bon, mais seulement pour dire de sa voix la plus ennuyeuse, sa voix de grande personne :

— Tu as rêvé, Lucy, rendors-toi.

Puis elle s'attaqua à Edmund. Ce fut très difficile de le tirer de son sommeil, mais quand, finalement, elle y parvint, il était vraiment réveillé, et il s'assit.

— Eh ! grogna-t-il d'une voix grincheuse. Qu'est-ce que tu racontes ?

Elle répéta toute son histoire. C'était l'une des parties les plus difficiles de sa mission, car chaque fois qu'elle redisait son histoire, celle-ci lui semblait moins convaincante.

— Aslan ! s'écria Edmund en sautant sur ses pieds. Hourra ! Où est-il ?

Lucy se tourna vers l'endroit où elle pouvait voir le Lion qui attendait, ses yeux patients fixés sur elle.

— Là ! dit-elle, en tendant le doigt.

— Où ? demanda à nouveau Edmund.

— Là. Là. Tu ne vois pas ? De ce côté des arbres !

Edmund regarda fixement durant un moment et puis dit :

— Non. Il n'y a rien là. Tu as été éblouie et trompée par le clair de lune. Cela arrive, tu sais. J'ai cru moi-même un instant que je voyais quelque chose. Mais c'était seulement un je-ne-sais-quoi optique.

— Je le vois tout le temps, affirma Lucy. Il regarde droit vers nous.

— Alors, pourquoi ne puis-je pas le voir ?

— Il a dit que peut-être tu ne le pourrais pas..

— Pourquoi ?

— Je ne sais pas. C'est ce qu'il a dit.

— Oh ! flûte ! dit Edmund. Je préférerais que tu n'aies plus de visions ! Mais je suppose que nous devons réveiller les autres

Chapitre 11
Le Lion rugit

Quand tout le groupe fut finalement réveillé, Lucy dut raconter son histoire pour la quatrième fois. Le profond silence qui suivit fut parfaitement décourageant.

— Je ne vois rien, dit Peter, après qu'il eut écarquillé les yeux au point d'en avoir mal. Et toi, Susan ?

— Non, bien sûr que non, répliqua-t-elle. Parce qu'il n'y a rien à voir. Elle a rêvé. Recouche-toi et rendors-toi, Lucy.

— Et j'espère, dit Lucy d'une voix tremblante, que vous allez tous venir avec moi. Parce que… parce que je devrai partir avec lui, que vous veniez ou non.

— Ne dis pas de sottises, Lucy, gronda Susan. Il est évident que tu ne peux pas aller toute seule de ton côté. Ne le lui permets pas, Peter. Elle est vraiment insupportable !

— J'irai avec elle, si elle *doit* y aller, déclara Edmund. Elle a déjà eu raison dans le passé.

— Je le sais, admit Peter. Et elle avait peut-être raison ce matin. Il est certain que cela ne nous a pas porté chance de descendre le ravin. Mais pourtant… à cette heure de la nuit. Et pourquoi Aslan devrait-il être invisible pour nous ? Il ne l'a jamais été. Cela ne lui ressemble pas. Que dit le CPA ?

— Oh ! Je ne dis rien du tout, répondit le nain. Si vous y allez tous, bien sûr, j'irai avec vous ; et si votre groupe se partage, j'irai avec le roi suprême. C'est mon devoir envers lui et envers le roi Caspian. Mais si vous me demandez mon avis personnel, je suis un nain très simple, et je ne pense pas qu'il y ait beaucoup de chance de trouver, la nuit, une route que l'on n'a pas pu trouver le jour. Et je n'ai que faire de lions magiques qui sont, soi-disant, des lions qui parlent, mais qui ne parlent pas, soi-disant des lions bienveillants, mais qui ne nous font aucun bien, et soi-disant des lions énormes, mais que personne, cependant, ne peut voir. Pour autant que je sache, tout cela n'est que fatras et fleurs de haricot !

— Il est en train de frapper le sol avec sa patte, pour nous dire de nous dépêcher, annonça Lucy. Nous devons y aller *maintenant*. Tout du moins, je dois y aller.

— Tu n'as pas le droit d'essayer de forcer les autres comme tu le fais. Tu es seule contre quatre, et tu es la plus jeune ! cria Susan.

— Oh ! Ça suffit, grommela Edmund. Nous devons y aller. Il n'y aura pas moyen d'avoir la paix autrement.

Il avait tout à fait l'intention de soutenir Lucy, mais il était très ennuyé par la perspective de renoncer à une nuit de sommeil, et il se dédommageait en faisant tout avec la plus mauvaise grâce possible.

— En marche, donc, décida Peter, en glissant avec lassitude son bras dans la courroie de son bouclier et en mettant son casque.

À n'importe quel autre moment, il aurait dit quelque chose de gentil à Lucy, qui était sa sœur préférée, car il devinait à quel point elle devait se sentir malheureuse, et que, quoi qu'il arrive, elle n'était pas fautive. Mais il ne pouvait pas s'empêcher d'être quand même un peu contrarié.

Susan fut la pire.

— Supposons que *je* commence à me conduire comme Lucy, dit-elle. Je pourrais, par exemple, menacer de rester ici, que vous partiez ou non. Je pense d'ailleurs que je vais le faire !

— Obéissez au roi suprême, Votre Majesté, dit Trompillon, et partons ! Si l'on ne me laisse pas dormir, je préfère encore marcher que rester planté là à discuter !

C'est ainsi que, finalement, ils se mirent en route. Lucy marchait la première, se mordant les lèvres et s'efforçant de ne pas dire à Susan tout ce qu'elle avait envie de lui dire. Mais elle oublia sa colère lorsqu'elle fixa ses yeux sur Aslan. Il se retourna et se mit à avancer, d'un pas lent, à environ trente mètres devant eux Les autres n'avaient que les indications de Lucy pour les guider, car Aslan n'était pas seulement invisible pour eux, il était en outre également silencieux. Ses immenses pattes, semblables à celles d'un chat, ne faisaient pas le moindre bruit sur l'herbe.

Il les conduisit à droite des arbres dansants – personne ne sut s'ils étaient encore en train de danser, car Lucy ne quittait pas le Lion des yeux, et les autres ne quittaient pas Lucy des yeux – et très près du bord du ravin.

– Cailloux et grosses caisses ! jura Trompillon. J'espère que cette folie ne va pas se terminer par une escalade au clair de lune et des cous cassés !

Pendant longtemps, Aslan longea la crête du précipice. Puis ils arrivèrent à un endroit où quelques petits arbres poussaient juste au bord du gouffre. Il tourna et disparut au milieu d'eux. Lucy retint son souffle, car on avait l'impression qu'il avait plongé dans le vide ; mais elle était trop occupée à ne pas le perdre des yeux pour s'arrêter et penser à cette possibilité. Elle pressa à son tour le pas et se retrouva bientôt parmi les arbres. En regardant à ses pieds, elle aperçut un sentier étroit et à pic, qui descendait en biais, entre des rochers, jusqu'au fond du ravin, et elle vit Aslan qui suivait ce sentier. Il se retourna et la regarda avec des yeux pleins de joie. Lucy battit des mains et se mit à descendre derrière lui à quatre pattes avec mille précautions. Dans son dos, elle entendit les voix des autres qui criaient :

– Hé ! Lucy, attention ! Pour l'amour de Dieu ! Tu es juste au bord du ravin. Reviens…

Et puis, un instant plus tard, la voix d'Edmund qui disait :

– Non, elle a raison. Il y a un chemin pour descendre.

À mi-pente, Edmund la rattrapa.

— Regarde ! dit-il, très excité. Regarde ! Quelle est cette ombre, qui rampe devant nous ?

— C'est *son* ombre, dit Lucy

— Je crois que tu as raison, Lucy, dit-il. Je ne comprends pas comment je ne l'ai pas vue avant. Mais où est-il ?

— Avec son ombre, naturellement. Tu ne vois pas ?

— Eh bien, pendant un moment, j'ai presque cru que je le voyais. La lumière est tellement bizarre…

D'un peu plus haut, derrière eux, parvint la voix de Trompillon, qui disait :

— Continuez, roi Edmund, continuez !

Et ensuite, encore plus loin, presque au sommet, s'éleva la voix de Peter, qui s'impatientait :

— Oh ! Courage, Susan. Donne-moi la main. Écoute, un bébé pourrait descendre par ce chemin ! Et cesse de grogner !

En quelques minutes, ils furent en bas, et le grondement de l'eau emplit leurs oreilles. Marchant à pas feutrés, comme un chat, Aslan traversait la rivière en sautant de pierre en pierre. Il s'arrêta au milieu, se pencha pour boire et, au moment où il relevait sa tête à la crinière touffue, ruisselante de gouttelettes d'eau, il tourna de nouveau sa face vers eux. Cette fois, Edmund le vit.

— Oh ! Aslan ! s'écria-t-il, en se précipitant vers lui.

Mais le Lion se retourna rapidement et se mit à gravir la pente de l'autre côté de la Vivace.

— Peter, Peter, cria Edmund, l'as-tu vu ?

— J'ai vu quelque chose, répondit Peter. Mais c'est

tellement trompeur dans ce clair de lune. Continuons, néanmoins, et vive Lucy ! Je me sens d'ailleurs beaucoup moins fatigué.

Aslan les conduisit sans hésitation vers leur gauche, nettement plus en amont. Le trajet tout entier se déroulait comme dans un rêve – la rivière grondante, l'herbe humide et grise, les falaises étincelantes, dont ils se rapprochaient, et, toujours, devant eux, le fauve glorieux, qui avançait à pas lents. Tout le monde le voyait à présent, à l'exception de Susan et du nain.

Ils ne tardèrent pas à atteindre un autre sentier très abrupt, qui grimpait le long des falaises à pic. Celles-ci étaient infiniment plus élevées que celles qu'ils venaient de descendre, et leur escalade fut un long et fatigant zigzag. Heureusement, la lune brillait juste au-dessus du ravin, si bien qu'aucun des deux côtés ne se trouvait dans l'ombre.

Lucy était presque à bout de souffle lorsque la queue et l'arrière-train d'Aslan disparurent de l'autre côté du sommet ; mais, dans un dernier effort, elle parvint à se hisser derrière lui et émergea, la respiration coupée et les jambes flageolantes, sur la colline qu'ils avaient essayé d'atteindre depuis le moment où ils avaient quitté le ruisseau des eaux de Cristal. La longue pente douce (bruyère, herbe et quelques rochers, éclatants de blancheur dans le clair de lune) montait, s'étirait et disparaissait dans un miroitement de feuillages d'arbres, à un kilomètre de là environ. Lucy connaissait cette pente : c'était celle de la colline de la Table de Pierre.

Dans un cliquetis de cottes de mailles, les autres grimpèrent derrière elle. Aslan continua à glisser devant eux, et ils marchèrent à sa suite.

– Lucy, dit Susan, d'une toute petite voix.

– Oui.

– Je le vois, maintenant. Je suis désolée…

– N'en parlons plus.

– Mais tu ne sais pas à quel point j'ai été horrible, bien plus que tu ne l'imagines ! J'ai vraiment cru que c'était lui, hier. Lorsqu'il nous a avertis de ne pas descendre, vers le bois de sapins. Et j'ai vraiment cru que c'était lui, cette nuit, quand tu nous as réveillés. Je veux dire, au fond de moi-même. Ou disons que j'aurais pu le croire, si je l'avais voulu. Mais je ne désirais qu'une seule chose, sortir de ces bois et… et… oh ! je ne sais pas. Que devrai-je lui dire ?

– Tu n'as peut-être pas besoin de dire grand-chose, suggéra Lucy.

Ils atteignirent bientôt les arbres et, à travers eux, les enfants aperçurent le grand tumulus, la colline d'Aslan, qui avait été érigée au-dessus de la Table, après leur règne.

– Les nôtres ne veillent pas très bien, marmonna Trompillon. Nous aurions déjà dû recevoir des sommations…

– Chut ! dirent les quatre enfants, car Aslan venait de s'arrêter.

Il s'était retourné et leur faisait face avec une telle majesté qu'ils se sentirent aussi heureux que peut l'être quelqu'un qui est effrayé, et aussi effrayés que peut l'être quelqu'un qui est heureux. Les garçons s'avancèrent.

Lucy les laissa passer ; Susan et le nain se recroque-
villèrent à l'arrière.

— Oh ! Aslan ! dit le roi Peter en mettant un genou
à terre et en levant la lourde patte du Lion jusqu'à son
visage. Je suis si heureux. Et tellement désolé. Je les ai
conduits sur le mauvais chemin, depuis le début, et
spécialement hier matin.

— Mon cher fils, dit Aslan.

Puis il se tourna et accueillit Edmund.

— Bien joué ! furent ses paroles.

Ensuite, après un pénible silence, sa voix profonde
s'éleva :

— Susan.

Susan ne répondit pas, et les autres estimèrent
qu'elle pleurait.

— Tu as écouté tes craintes, enfant, dit Aslan. Viens,
laisse-moi souffler sur toi. Oublie-les. As-tu retrouvé
ton courage ?

— Un peu, Aslan, dit-elle.

— Et maintenant… dit le Lion d'une voix beaucoup
plus forte, avec, dedans, un soupçon de rugissement, et
tandis que sa queue battait ses flancs… et maintenant
où est ce petit nain, ce fameux tireur d'épée, ce célèbre
archer, qui ne croit pas aux lions ? Viens ici, fils de la
Terre, viens ici !

Ce dernier mot n'était plus seulement l'annonce
d'un rugissement, mais presque un rugissement lui-
même.

— Ruines et revenants ! haleta Trompillon, d'une
voix presque inaudible.

154

Les enfants, qui connaissaient suffisamment Aslan pour se rendre compte qu'il aimait énormément le nain, n'étaient nullement inquiets ; mais il en était tout autrement pour Trompillon qui, à l'exception de ce lion, n'avait jamais vu de lion de sa vie. Il fit la seule chose raisonnable qu'il était en son pouvoir de faire : au lieu de déguerpir, il se dirigea, à pas chancelants, vers Aslan.

Aslan se jeta sur lui. Avez-vous déjà vu un tout jeune chaton que sa maman porte dans sa gueule ? Ce fut ce qui arriva à Trompillon : le nain, ratatiné comme une misérable petite balle, était suspendu dans la gueule d'Aslan. Le Lion le secoua un peu, et toute son armure cliqueta comme l'attirail d'un rétameur ; et puis, passez muscade ! Le nain s'envola dans les airs ! Il ne courait pas plus de danger que s'il avait été couché dans son lit, mais ce n'était pas du tout son sentiment... Au moment où il redescendit, les immenses pattes de velours l'attrapèrent aussi doucement que les bras d'une maman, et le posèrent, dans le bon sens, sur le sol.

– Fils de la Terre, serons-nous amis ? demanda Aslan.

– O... ou... ou... oui... répondit le nain en haletant, car il n'avait pas encore retrouvé son souffle.

– Et maintenant, dit Aslan, la lune se couche. Regardez derrière vous : voici l'aube qui se lève. Vous trois, les fils d'Adam et le fils de la Terre, allez vous hâter de pénétrer dans la colline, et de vous occuper, pour le mieux, de ce que vous y trouverez.

Le nain était encore sans voix, et aucun des deux

garçons n'osa demander à Aslan s'il les accompagnerait. Tous les trois tirèrent leurs épées et saluèrent, puis ils tournèrent le dos et disparurent, avec un bruit métallique, dans l'obscurité. Lucy remarqua qu'il n'y avait aucune trace de fatigue sur leurs visages : le roi suprême et le roi Edmund, tous deux, ressemblaient plus à des hommes qu'à des jeunes garçons.

Les petites filles les regardèrent disparaître ; elles se tenaient tout près d'Aslan. La lumière changeait. Très bas, à l'est, Aravir, l'étoile du matin de Narnia, luisait comme une petite lune. Aslan, qui avait l'air plus imposant que jamais, leva la tête, secoua sa crinière et rugit.

Le son, tout d'abord profond et vibrant comme un orgue, commençant sur une note basse, monta, s'amplifia, s'amplifia encore, jusqu'à ce que la terre et le ciel soient ébranlés par sa puissance. Jailli de cette colline, il se propagea à travers tout le pays de Narnia. En bas, dans le camp de Miraz, les hommes s'éveillèrent, se regardèrent les uns les autres, pâles comme des morts, et saisirent précipitamment leurs armes. Encore plus bas, dans la Grande Rivière, qui connaissait, à ce moment, son heure la plus froide, les têtes et les épaules des nymphes, ainsi que la grande tête du dieu de la rivière, à la longue barbe d'herbes folles, émergèrent de l'onde. Au-delà, dans chaque prairie, dans chaque bois, les oreilles alertes des lapins se dressèrent hors de leurs trous, les têtes endormies des oiseaux sortirent de l'abri de leurs ailes, les hiboux hululèrent, les renards glapirent, les hérissons grognèrent, et les arbres remuèrent. Dans les villes et les villages, les mères pressèrent leurs bébés contre leur sein, avec un regard effaré, les chiens gémirent et les hommes se levèrent en sursaut, pour chercher, à tâtons, de la lumière. Très loin, sur la frontière du Nord, les géants de la montagne jetèrent un coup d'œil par les sombres portails de leurs châteaux.

Ce que virent Lucy et Susan était quelque chose de gris qui, de presque toutes les directions, venait vers elles en cheminant à travers les collines. On aurait dit tout d'abord une brume noire glissant au ras du sol ; puis les vagues houleuses d'une mer sombre et de plus en plus déchaînée, au fur et à mesure qu'elle approchait ; et finalement, des bois qui avançaient, ce qui était la réalité. On avait l'impression que tous les arbres du monde se précipitaient vers Aslan. Mais, en approchant, ils ressemblaient beaucoup moins à des arbres et, lorsqu'elle fut complètement entourée par toute cette foule qui faisait la révérence et agitait ses longs bras minces dans la direction d'Aslan, Lucy vit que c'était une foule de formes humaines. Des jeunes filles-bouleaux relevaient leurs têtes, des femmes-saules écartaient leurs chevelures de leurs visages rêveurs pour contempler Aslan, des hêtres royaux se tenaient immobiles et l'adoraient, des chênes touffus, des ormes maigres et mélancoliques, des houx ébouriffés (eux-mêmes étaient sombres, mais leurs épouses étincelaient de baies brillantes) et des sorbiers pleins de gaieté, tous s'inclinaient et puis se relevaient en criant : « Aslan ! Aslan ! » de leurs voix si diverses, rauques, ou grinçantes, ou mélodieuses.

157

La foule et la danse, autour d'Aslan (car, une nou-velle fois, ces salutations s'étaient transformées en danse), étaient devenues, l'une si compacte et l'autre si rapide, que Lucy ne reconnaissait plus rien et ne réussit jamais à voir d'où vinrent les autres danseurs, qui ne tardèrent pas à faire des entrechats parmi les arbres. L'un d'eux était un jeune garçon, vêtu seule-ment d'une peau de faon avec, dans ses cheveux bou-clés, des guirlandes de feuilles de vigne. Son visage aurait été presque trop joli pour un garçon s'il n'avait pas eu une expression si sauvage. On avait l'impres-sion, comme le dit Edmund lorsqu'il le vit quelques jours plus tard, que « c'était un individu prêt à faire n'importe quoi – absolument n'importe quoi ! ». Il semblait posséder une grande quantité de noms : Bro-mios, Bassareus et le Bélier, par exemple. De nom-breuses jeunes filles l'accompagnaient, aussi sauvages que lui. Il y avait même, ce qui était tout à fait inat-tendu, quelqu'un sur un âne. Et tout le monde riait, et tout le monde criait :

– Euan, euan, eu-oi-oi-oi !

– Est-ce un grand jeu, Aslan ? cria le jeune garçon.

Apparemment c'en était un. Mais presque tout le monde semblait avoir une idée différente du jeu auquel ils participaient. Cela aurait pu être à chat, mais Lucy ne parvint pas à découvrir qui était le chat. Cela res-semblait plutôt à colin-maillard, à ceci près que tous se comportaient comme s'ils avaient les yeux bandés. Ce n'était pas sans ressembler à cache-tampon, mais on ne trouva jamais le tampon. Ce qui rendit tout encore beaucoup plus compliqué, c'est que l'homme très âgé et immensément gras qui était à califourchon sur l'âne se mit immédiatement à crier :

— Rafraîchissements ! C'est l'heure des rafraîchissements !

Et tomba de son âne ; il fut hissé de nouveau sur sa monture par les autres, tandis que l'âne, qui avait l'impression que tout ce remue-ménage était un jeu de cirque, essayait de faire un numéro de marche sur ses pattes de derrière ! Et, pendant tout ce temps-là, il poussait de plus en plus de feuilles de vigne. Et bientôt, non seulement des feuilles de vigne, mais des vignes. Elles grimpaient partout. Elles montaient autour des jambes des génies des arbres et s'enroulaient autour de leurs cous. Lucy leva sa main pour rejeter en arrière une mèche de cheveux, et découvrit qu'elle repoussait des sarments de vigne. L'âne était devenu une foisonnante multitude de vignes. Des rameaux s'étaient étroitement enchevêtrés autour de sa queue et quelque chose de sombre oscillait entre ses oreilles. Lucy regarda de nouveau et vit que c'était une grappe de raisins. Ensuite, il eut des raisins partout, de la tête aux pieds, et tout autour de lui.

— Rafraîchissements ! Rafraîchissements ! hurlait le vieil homme.

Tout le monde se mit à manger ; quelles que soient les vignes que possède votre famille, vous n'avez jamais goûté de tels raisins ! Des raisins vraiment exquis, fermes et rebondis à l'extérieur, mais qui éclatent en libérant une pulpe fraîche et sucrée lorsqu'on les croque

– un de ces régals dont les petites filles n'avaient jamais eu suffisamment auparavant. Ici, il y avait plus de raisins qu'on ne pouvait en désirer, et on avait le droit de les déguster, sans se soucier des bonnes manières. L'on voyait partout des doigts collants et couverts de taches mauves, et, bien que les bouches fussent pleines, ni les rires ni les cris à la tyrolienne : « Euan, euan, eu-oi-oi-oi ! » ne s'interrompirent un seul instant, jusqu'au moment où, tout à coup, chacun sentit, en même temps, que le jeu (si c'en était un) et le festin devaient se terminer ; et alors, chacun se laissa tomber, à bout de souffle, sur le sol et se tourna vers Aslan pour écouter ce qu'il allait dire.

À cet instant, le soleil était juste en train de se lever, et Lucy se rappela quelque chose ; elle murmura à l'oreille de Susan :

– Hé, Susan, je sais qui ils sont.

– Qui ?

– Le garçon au visage sauvage, c'est Bacchus ; et le vieillard sur l'âne, c'est Silène. Tu ne te souviens pas que M. Tumnus nous en parlait, il y a très longtemps ?

– Oui, bien sûr. Mais, Lucy… tu sais…

– Quoi ?

– Je ne me serais pas sentie très à mon aise avec Bacchus et toutes ces jeunes filles sauvages si je les avais rencontrés sans Aslan.

– Moi non plus, avoua Lucy.

Chapitre 12

Sorcellerie
et vengeance soudaine

Pendant ce temps-là, Trompillon et les deux garçons étaient arrivés à la petite voûte de pierres sombres qui conduisait à l'intérieur du tumulus, et deux blaireaux-sentinelles (les taches blanches sur leurs joues étaient tout ce qu'Edmund pouvait apercevoir d'eux) bondirent en montrant leurs dents et demandèrent, avec des voix hargneuses :

– Qui va là ?

– Trompillon ! répondit le nain. Ramenant le roi suprême de Narnia du fond des âges.

Les blaireaux flairèrent les mains des garçons.

– Enfin ! dirent-ils. Enfin !

– Donnez-nous de la lumière, amis, commanda Trompillon.

Les blaireaux trouvèrent une torche, juste sous la voûte ; Peter l'alluma et la tendit à Trompillon.

— Il est préférable que le CPA nous guide, dit-il, nous ne connaissons pas notre chemin à l'intérieur de ce lieu.

Trompillon prit la torche et pénétra, en tête, dans le sombre tunnel. C'était un endroit froid, noir, qui sentait le moisi avec, de temps en temps, une chauve-souris qui voltigeait dans la lumière de la torche, et des quantités de toiles d'araignée. Les garçons, qui, depuis cette matinée à la gare, s'étaient trouvés, la majeure partie du temps, au grand air, eurent l'impression d'entrer dans une trappe, ou dans une prison.

— Hé, Peter, chuchota Edmund. Regarde ces inscriptions sur les murs. Elles ont l'air vraiment vieilles, tu ne trouves pas ? Et pourtant, nous sommes encore plus vieux qu'elles ! Car, la dernière fois que nous sommes venus, elles n'existaient pas.

— C'est vrai, dit Peter. Cela fait réfléchir.

Le nain continuait d'avancer ; puis il tourna à droite, et ensuite à gauche, descendit quelques marches, et tourna encore à gauche. Ils aperçurent finalement une lumière devant eux – de la lumière qui filtrait sous une porte. À présent, et pour la première fois, ils entendirent des voix, car ils étaient arrivés à la porte de la chambre centrale. Ces voix, à l'intérieur, étaient pleines de colère. Quelqu'un parlait si fort que l'arrivée des garçons et du nain ne fut pas entendue.

— Cela ne me dit rien qui vaille ! murmura Trompillon à l'oreille de Peter. Écoutons un instant.

Tous trois se tinrent parfaitement immobiles et silencieux de l'autre côté de la porte.

— Vous savez très bien, disait une voix (« C'est le roi », chuchota Trompillon), pourquoi la trompe n'a pas été sonnée au lever du soleil ce matin-là. Avez-vous oublié que Miraz nous a attaqués presque avant le départ de Trompillon, et que nous avons combattu pour défendre nos vies trois heures durant, et plus ? Je l'ai sonnée dès que j ai eu un instant pour respirer.

— Il n'y a pas de danger que je l'oublie, gronda une voix courroucée, alors que ce sont mes nains qui ont supporté le plus dur de l'attaque, et qu'ils sont tombés dans la proportion de un sur cinq ! (« C'est Nikabrik ». souffla Trompillon.)

— Quelle honte, nain ! fit une grosse voix. (« Celle de Chasseur-de-Truffes », dit Trompillon.) Nous avons tous fait autant que les nains, et personne n'a fait plus que le roi !

— Tu peux raconter ce que tu veux, cela m'est complètement égal ! répondit Nikabrik. Mais, soit que la trompe ait été sonnée trop tard, soit qu'il n'y ait pas de magie en elle, aucune aide n'est venue. Vous, vous le grand savant, vous le maître magicien, vous qui savez tout, est-ce que vous nous demandez encore de mettre notre espoir dans Aslan, dans le roi Peter, et tout le reste ?

— Je dois avouer — je ne peux pas le nier — que je suis profondément désappointé par le résultat de l'opération, fut la réponse. (« C'est sans doute le docteur Cornelius », précisa Trompillon.)

— Pour parler clairement, dit Nikabrik, votre sacoche

est vide, vos œufs, pourris, votre poisson, pas pêché, vos promesses, brisées ! Alors, tenez-vous à l'écart, et laissez les autres travailler ! C'est pourquoi…

— L'aide viendra, dit Chasseur-de-Truffes. Je reste fidèle à Aslan. Ayez de la patience, comme nous, les bêtes. L'aide viendra. Il se peut même qu'elle se trouve déjà à notre porte.

— Pouah ! grogna Nikabrik. Vous, les blaireaux, voudriez nous faire attendre jusqu'à ce que le ciel nous tombe sur la tête et que nous puissions tous attraper des alouettes. Je vous déclare que nous *ne pouvons pas* attendre. La nourriture commence à manquer ; nous subissons des pertes insupportables à chaque combat. Nos partisans se débandent.

— Et pourquoi ? s'écria Chasseur-de-Truffes. Je vais vous le dire, moi. Parce que le bruit a couru parmi eux que nous avions lancé un appel aux rois de l'Ancien Temps, et que les rois de l'Ancien Temps n'avaient pas répondu. Les dernières paroles que Trompillon a prononcées avant de partir (et de partir, selon toute vraisemblance, vers sa mort) furent celles-ci : « Si vous devez sonner la trompe, ne laissez pas l'armée savoir pourquoi vous la sonnez, ni ce que vous en espérez. » Mais, le soir même, tout le monde paraissait être au courant.

— Tu aurais mieux fait de fourrer ton museau gris dans un nid de frelons, blaireau, plutôt que d'insinuer que c'était moi le bavard ! riposta Nikabrik. Retire tes paroles, sinon…

— Oh ! Arrêtez, tous les deux, dit le roi Caspian. Je

désire apprendre quelle est cette chose que Nikabrik suggère si instamment que nous fassions. Mais auparavant, je veux savoir qui sont ces deux étrangers qu'il a introduits dans notre conseil, et qui se tiennent là, avec leurs oreilles grandes ouvertes et leurs bouches closes.

– Ce sont des amis! répondit Nikabrik. Vous-même, quelle meilleure raison avez-vous de vous trouver ici que celle d'être un ami de Trompillon et du blaireau? Et quel droit a ce vieux radoteur en robe noire d'être ici, si ce n'est qu'il est votre ami? Pourquoi devrais-je être le seul à ne pas pouvoir amener des amis?

– Sa Majesté est le roi, à qui vous avez juré obéissance, dit sévèrement Chasseur-de-Truffes.

– Manières de cour, manières de cour! ricana Nikabrik. Mais dans ce trou, nous pouvons parler clairement. Vous savez très bien – et il le sait lui-même – que, d'ici à une semaine, ce garçon telmarin ne sera plus roi de nulle part, ni de personne, si nous ne l'aidons pas à sortir du piège dans lequel il est pris!

– Peut-être, suggéra Cornelius, vos nouveaux amis aimeraient-ils parler pour eux-mêmes? Vous, là-bas, qui êtes-vous?

– Honorable docteur, articula une voix fluette et geignarde, pour vous être agréable, je ne suis qu'une pauvre vieille femme, eh oui! très reconnaissante à l'honorable nain pour son amitié, ça c'est sûr! Sa Majesté, que son beau visage soit béni, n'a pas besoin d'avoir peur d'une vieille femme qui est presque pliée en deux par les rhumatismes et n'a même pas deux bouts de bois à mettre sous sa bouilloire. J'ai un pauvre petit pouvoir – non pas comme le vôtre, maître docteur, bien entendu – pour jeter des petits sorts et faire des tours de magie que je serais heureuse d'utiliser contre nos ennemis, si cela était agréable à toutes les parties concernées. Car je les déteste ! Oh ! oui. Et personne ne déteste plus fort que moi !

– Cela est du plus grand intérêt et... extrêmement satisfaisant, admit le docteur Cornelius. Je pense que je sais maintenant qui vous êtes, madame. Peut-être votre autre ami, Nikabrik, aimerait-il se présenter lui-même ?

Une voix sourde et grise, qui donna la chair de poule à Peter, répondit :

– Je suis la faim. Je suis la soif. Quand je mords, je ne lâche jamais prise, et, si je suis mort, on doit prendre une épée pour me séparer du corps de mon ennemi, et m'enterrer avec ma bouche pleine de sa chair. Je peux jeûner cent ans, et ne pas mourir. Je peux rester cent nuits étendu sur la glace, et ne pas geler. Je peux boire une rivière de sang, et ne pas éclater. Montrez-moi vos ennemis !

– Et c'est en présence de ces deux personnages que vous voulez dévoiler votre plan ? demanda Caspian.

– Oui, répondit Nikabrik. Et c'est grâce à leur aide que j'ai l'intention de le mettre à exécution.

Pendant une minute ou deux, Trompillon et les garçons entendirent Caspian et ses deux amis se parler à voix basse, mais ils ne purent distinguer ce qu'ils disaient. Puis Caspian parla à haute voix :

– Eh bien, Nikabrik, dit-il, nous allons écouter votre plan.

Il y eut un silence si long que les garçons se demandèrent si Nikabrik allait, oui ou non, se décider à parler ; quand il le fit, ce fut avec une voix très basse, comme si lui-même n'aimait pas beaucoup ce qu'il était en train de dire.

– En fin de compte, marmonna-t-il, aucun de nous ne connaît la vérité sur les Jours Anciens à Narnia. Trompillon ne croyait pas à vos histoires. J'étais prêt à les mettre à l'épreuve. Nous avons essayé la trompe et cela a échoué. S'il a jamais existé un roi suprême Peter, et une reine Susan, et un roi Edmund, et une reine Lucy, alors, soit ils ne nous ont pas entendus, soit ils ne peuvent pas venir, soit ils sont nos ennemis…

– Soit ils sont en chemin, interrompit Chasseur-de-Truffes.

– Tu peux continuer à répéter cela jusqu'à ce que Miraz nous ait tous donnés en pâture à ses chiens ! Comme je le disais, nous avons essayé un maillon dans la chaîne des légendes anciennes, et cela ne nous a pas réussi. Bien. Quand votre épée se brise, vous tirez votre dague. Les histoires mentionnent d'autres pouvoirs, en dehors de ceux des anciens rois et reines. Que diriez-vous, si nous pouvions les invoquer ?

– Si tu veux dire Aslan, précisa Chasseur-de-Truffes, l'invoquer ou invoquer les rois revient exactement au même. Ils étaient ses serviteurs. S'il n'a pas l'intention de les envoyer – mais je suis certain qu'il les enverra –, est-il plus vraisemblable qu'il vienne lui-même ?

Non. Et sur ce point, tu as raison, accorda Nikabrik. Aslan et les rois vont ensemble. Soit Aslan est mort, soit il n'est pas de notre côté. Ou alors, quelque chose de plus puissant que lui le retient. Et même s'il venait, comment saurions-nous avec certitude qu'il serait notre ami ? Dans les histoires, il n'a pas toujours été un bon ami des nains. Ni de toutes les bêtes. Interroge les loups. Et, de toute façon, d'après ce que j'ai entendu, il n'est venu à Narnia qu'une seule fois et il n'est pas resté longtemps. Tu peux supprimer Aslan de notre plan. Je pensais à quelqu'un d'autre.

Il n'y eut pas de réponse et, durant quelques minutes, le silence fut tel qu'Edmund put entendre la respiration sifflante du blaireau.

– À qui pensez-vous ? demanda finalement Caspian.

– Je pense à un pouvoir tellement plus puissant que celui d'Aslan qu'il a tenu Narnia sous son charme pendant des années et des années, si les histoires disent la vérité.

– La Sorcière Blanche ! s'écrièrent instantanément trois voix.

Au bruit qu'elles firent, Peter devina que trois personnes avaient sauté sur leurs pieds.

– Oui, confirma Nikabrik, très lentement et très distinctement. Je veux dire la Sorcière Blanche. Rasseyez-vous. Ne soyez pas épouvantés par un nom, comme si vous étiez des enfants ! Nous voulons le pouvoir ; et nous voulons un pouvoir qui soit de notre côté. En ce qui concerne le pouvoir, les histoires ne racontent-elles pas que la sorcière a vaincu Aslan, qu'elle l'a ligoté et qu'elle l'a tué sur cette Pierre même qui se trouve là-bas, par-delà la zone de lumière ?

– Mais elles racontent aussi qu'il ressuscita ! coupa brusquement le blaireau.

– Oui, elles le racontent, répondit Nikabrik, mais vous remarquerez que nous ne savons pratiquement rien de ce qu'il a fait par la suite. Il a juste disparu de l'histoire. Comment expliquez-vous cette disparition, s'il était vraiment ressuscité ? N'est-il pas plus probable qu'il ne soit pas revenu à la vie, et que les histoires n'aient rien ajouté à son sujet, simplement parce qu'il n'y avait rien de plus à dire ?

– Il a sacré les rois et les reines, dit Caspian.

– Un roi qui vient de remporter une grande bataille peut sacrer lui-même sans qu'un lion l'aide à accomplir les rites, dit Nikabrik.

Il y eut un grognement féroce, sans doute de la part de Chasseur-de-Truffes.

– De toute façon, poursuivit Nikabrik, que résulta-t-il du règne des rois ? Ils disparurent, eux aussi. Mais le cas de la sorcière est très différent. On dit qu'elle a gouverné pendant cent ans : cent ans d'hiver ! Voilà un pouvoir ! Voilà quelque chose de pratique !

– Mais, bonté divine, protesta le roi, ne nous a-t-on pas toujours dit qu'elle était la pire des ennemies ? N'était-elle pas un tyran dix fois plus féroce que Miraz ?

– Peut-être, admit Nikabrik, d'une voix froide. Peut-être l'était-elle pour vous, humains, s'il existait quelques représentants de votre race dans ces temps-là. Peut-être l'était-elle pour quelques bêtes. Elle a tenté de supprimer la race des castors, je dois l'avouer ; tout du moins, n'y en a-t-il plus à Narnia de nos jours. Mais elle s'est bien entendue avec nous, les nains. Je suis un nain, et je reste fidèle à mon peuple. *Nous* n'avons pas peur de la sorcière.

— Mais vous vous êtes alliés avec nous, objecta Chasseur-de-Truffes.

— Oui, et cela a eu des résultats très heureux pour les miens ! coupa sèchement Nikabrik. Qui envoie-t-on pour toutes les missions dangereuses ? Les nains. Qui rationne-t-on lorsque les vivres viennent à manquer ? Les nains. Qui…

— Mensonges ! Ce ne sont que des mensonges ! cria le blaireau.

— Et ainsi, dit Nikabrik, dont la voix se transforma en cri, si vous ne pouvez pas aider mon peuple, je me tournerai vers quelqu'un qui le peut !

— Dois-je le prendre comme une trahison ouverte, nain ? demanda le roi.

— Remettez cette épée dans son fourreau, Caspian, dit Nikabrik. Un meurtre au conseil ! Eh ! Est-ce là votre jeu ? Ne soyez pas assez stupide pour le tenter ! Croyez-vous que j'ai peur de vous ? Nous sommes trois de mon côté, et trois du vôtre !

— Alors, venez ! gronda Chasseur-de-Truffes.

Mais il fut immédiatement interrompu.

— Arrêtez ! Arrêtez ! Arrêtez ! cria le docteur Cornelius. Vous allez trop vite ! La sorcière est morte. Toutes les histoires s'accordent sur ce point. Que veut dire Nikabrik lorsqu'il parle d'invoquer la sorcière ?

Cette voix blême et terrifiante, qui jusqu'ici n'avait parlé qu'une fois, gémit :

– Oh ! Est-elle vraiment morte ?

Et puis ce fut la voix aigre et geignarde qui s'éleva :

– Oh ! Cette chère petite majesté n'a pas besoin de s'inquiéter de la mort de la Dame Blanche – c'est ainsi que nous l'appelons. L'honorable maître docteur est simplement en train de se moquer d'une pauvre vieille femme comme moi lorsqu'il parle ainsi. Charmant maître docteur, savant maître docteur, a-t-on jamais entendu parler d'une sorcière qui mourrait réellement ? On peut toujours les faire revenir…

– Invoque-la ! dit la voix sépulcrale. Nous sommes tous prêts. Dessine le cercle. Prépare la flamme bleue.

Couvrant le grondement du blaireau, qui ne cessait de s'amplifier, et le « quoi ? » très aigu et très brusque de Cornelius, la voix du roi Caspian retentit comme un coup de tonnerre :

– Voici donc votre plan, Nikabrik ! De la magie noire, et l'invocation d'un fantôme maudit ! Et je vois qui sont vos compagnons : une vieille sorcière et un loup-garou !

La minute qui suivit fut extrêmement confuse. Il y eut un rugissement et un cliquetis de métal ; les garçons et Trompillon se ruèrent à l'intérieur ; Peter entrevit une horrible créature grise, à l'aspect redoutable, mi-homme, mi-loup, qui était en train de sauter sur un garçon qui devait avoir son âge ; et Edmund aperçut un blaireau et un nain qui roulaient sur le sol, dans une sorte de combat de chats. Quant à Trompillon, il se trouva face à face avec la vieille sorcière. Son nez et son menton saillants ressemblaient à un casse-noix, ses cheveux gris et malpropres voltigeaient autour de son visage et elle venait de saisir le docteur Cornelius à la gorge. D'un coup d'épée, Trompillon lui trancha la tête, qui s'en alla rouler sur le sol. Puis la lampe fut renversée et, l'espace d'un instant, il n'y eut plus qu'un tourbillon où se mêlaient épées, dents, griffes, pieds et poings ! Et puis, silence.

— Est-ce que ça va, Edmund ?

— Je... je crois, haleta-t-il. J'ai attrapé cette brute de Nikabrik, mais il est encore vivant.

— Balances et bouteilles d'eau ! s'écria une voix courroucée. C'est sur moi que vous êtes assis. Levez-vous ! Vous êtes aussi lourd qu'un jeune éléphant !

— Désolé, CPA, dit Edmund. Est-ce mieux ainsi ?

— Ouille ! Non ! beugla Trompillon. Vous avez mis votre botte dans ma bouche ! Partez !

— Où se trouve le roi Caspian ? demanda Peter.

— Je suis ici, répondit une voix plutôt faible. Quelque chose m'a mordu.

Ils entendirent alors le bruit de quelqu'un qui craquait une allumette. C'était Edmund. La petite flamme éclaira son visage, qui apparut pâle et très sale. Il tâtonna pendant quelques instants, trouva la chandelle (ils n'utilisaient plus de lampes car ils n'avaient plus d'huile), la fixa sur la table et l'alluma. Quand la flamme s'éleva, claire et brillante, plusieurs personnes à quatre pattes essayèrent de se mettre debout. Six visages se regardèrent, clignant des yeux à la lueur de la bougie.

— Je ne pense pas qu'il reste d'ennemis, déclara Peter. Voici la vieille sorcière, morte. (Il détourna rapidement son regard.) Et Nikabrik, mort aussi. Et je suppose que cette chose est le loup-garou. Il y a si longtemps que je n'en ai vu ! Une tête de loup et un corps d'homme : cela signifie qu'il était en train de se transformer en loup au moment où il a été tué. Quant à vous, je pense que vous êtes le roi Caspian ?

– Oui, dit l'autre garçon. Mais, moi, je ne sais absolument pas qui vous êtes.

– C'est le roi suprême ! Le roi Peter ! s'exclama Trompillon.

– Votre Majesté est la bienvenue, dit Caspian.

– Il en est de même pour *Votre* Majesté, répondit Peter. Je ne suis pas venu pour prendre votre place, vous savez, mais, au contraire, pour vous y confirmer.

– Votre Majesté, dit une autre voix, à la hauteur du coude de Peter.

Il se retourna et se trouva en face du blaireau. Peter se pencha en avant, mit ses bras autour de la tête, et embrassa la tête bien fourrée ; venant de lui, ce n'était pas un comportement de petite fille, car il était le roi suprême.

– Vous, le meilleur des blaireaux ! dit-il. Pas un seul instant, vous n'avez douté de nous !

– Je n'ai aucun mérite, Votre Majesté, répondit Chasseur-de-Truffes. Je suis une bête, et nous, les bêtes, ne changeons guère. Je suis un blaireau, qui plus est, et nous sommes connus pour tenir bon !

– Je suis désolé pour Nikabrik, dit Caspian, même s'il me détestait depuis l'instant où il m'a vu. Il a été aigri par une longue haine et de longues souffrances. Si nous avions gagné rapidement, il aurait pu devenir un bon nain, en temps de paix. J'ignore qui d'entre nous l'a tué. Et j'en suis heureux.

— Vous saignez, remarqua Peter.

— Oui, j'ai été mordu, dit Caspian. C'est… cette… cette chose-loup.

Laver et panser la plaie prit un certain temps ; quand ce fut terminé, Trompillon dit :

— Bon. Et maintenant, avant de faire quoi que ce soit d'autre, nous aimerions déjeuner !

— Mais pas ici, objecta Peter.

— Non, dit Caspian, avec un frisson. Et nous devons envoyer quelqu'un pour enlever les corps.

— Jetons la vermine dans une fosse, décida Peter. Mais, pour le nain, donnons-le aux siens, pour qu'il soit enseveli selon leur antique coutume.

Ils finirent par prendre leur petit déjeuner dans une autre des sombres cellules de la colline d'Aslan. Ce ne fut pas un petit déjeuner tel qu'ils l'auraient choisi, parce que Caspian et Cornelius rêvaient de pâtés de gibier, et Peter et Edmund, d'œufs cuits au beurre et de café brûlant, et que chacun reçut un petit bout de viande d'ours froide (qui sortait des poches des garçons), un morceau de fromage dur, un oignon et une timbale d'eau. Mais, à la façon dont ils attaquèrent ce repas, n'importe qui aurait pensé qu'il était exquis.

Chapitre 13

Le roi suprême commande

— À présent, déclara Peter, tandis qu'ils terminaient leur repas, Aslan et les filles (c'est-à-dire la reine Susan et la reine Lucy) se trouvent quelque part, tout près d'ici. Nous ignorons quand Aslan agira. À son heure, sans aucun doute, et non pas à la nôtre. Dans l'intervalle, je sais qu'il voudrait que nous fassions tout ce qui est en notre pouvoir. Vous dites, Caspian, que nous ne sommes pas suffisamment forts pour affronter Miraz dans une bataille rangée.

— Je crains que non, roi suprême, dit Caspian.

Il aimait beaucoup Peter mais, en sa présence, il semblait avoir avalé sa langue. Il ressentait, à faire la connaissance des grands rois des histoires du passé, un sentiment plus étrange qu'eux-mêmes n'en avaient éprouvé à le rencontrer.

— Très bien, dit Peter. Je vais lui envoyer un défi pour un combat singulier. (Personne n'avait encore envisagé pareille solution.)

— Je vous en prie, demanda Caspian. Est-ce que cela ne peut pas être moi ? Je désire venger mon père.

— Vous êtes blessé, objecta Peter. Et, par ailleurs, ne se contenterait-il pas de rire devant un défi de votre part ? Je m'explique : nous avons vu que vous étiez un roi et un combattant ; mais, pour lui, vous n'êtes qu'un enfant.

- Mais, Sire, demanda le blaireau, qui était assis très près de Peter et qui ne le quittait pas des yeux, acceptera-t-il un défi, même venant de vous ? Il sait qu'il a une armée plus puissante.

— Il est très probable qu'il n'acceptera pas, répondit-il, mais il y a toujours une chance. Et même s'il n'accepte pas, nous allons passer la plus grande partie de la journée à envoyer des hérauts ici et là, et tout ce qui s'ensuit. À ce moment-là, Aslan aura peut-être fait quelque chose. Et je peux au moins inspecter l'armée et renforcer notre position. J'enverrai le défi. Je vais même l'écrire sur-le-champ. Avez-vous une plume et de l'encre, maître docteur ?

— Un homme d'étude ne s'en sépare jamais, Votre Majesté, répondit le docteur Cornelius.

— Très bien, je vais dicter, dit Peter.

Et, tandis que le docteur déployait un parchemin, ouvrait sa corne à encre et taillait sa plume, Peter se pencha en arrière, les yeux mi-clos, et chercha au fond de sa mémoire le langage dans lequel il avait rédigé de pareils messages, il y a très longtemps, au cours de l'Âge d'Or de Narnia.

– Bien, dit-il enfin. Êtes-vous prêt, docteur ?

Le docteur Cornelius trempa sa plume dans l'encrier et attendit. Peter dicta ce qui suit :

Peter, par la grâce d'Aslan, par élection, par ordon-nance et par conquête, grand roi au-dessus de tous les rois à Narnia, empereur des îles Solitaires et seigneur de Cair Paravel, chevalier du très noble Ordre du Lion, à Miraz, fils de Caspian le Huitième, jadis seigneur protecteur de Narnia, aujourd'hui se donnant lui-même le titre de roi de Narnia, saluts.

– Avez-vous écrit cela ?

– Narnia, virgule, saluts, murmura le docteur. Oui, Sire.

– Commencez ensuite un nouveau paragraphe, demanda Peter.

Afin d'empêcher l'effusion du sang et d'éviter tous les autres inconvénients susceptibles de résulter de la guerre engagée à présent dans notre royaume de Narnia, il nous plaît de risquer notre royale personne, pour le compte de notre fidèle et bien-aimé Caspian, dans un combat franc et loyal, pour prouver, sur le corps de Votre Seigneurie, que ledit Caspian est, sous notre autorité, le roi légal à Narnia, à la fois par notre grâce et par les lois des Telmarins ; et pour manifester que Votre Seigneurie est deux fois coupable de trahison, d'abord en empêchant ledit Caspian d'exercer sa domination sur Narnia, ensuite, par le meurtre suprême, abominable, sanglant et contre nature de votre bienveillant seigneur et frère, le roi Caspian, Neuvième du nom. C'est pourquoi, avec la plus extrême vigueur, nous provoquons et défions Votre Seigneurie, et l'appelons à ce combat singulier, et c'est pour cette raison que nous envoyons cette lettre, par la main de notre royal frère bien-aimé, Edmund, jadis roi sous notre autorité à Narnia, duc de la lande du Réverbère et comte de la Marche occidentale, chevalier du noble Ordre de la Table, à qui nous avons donné pleins pouvoirs pour fixer avec Votre Seigneurie toutes les conditions dudit combat. Fait à notre campement dans la colline d'Aslan, le douzième jour du mois des frondaisons ; en la première année du règne de Caspian le Dixième, roi de Narnia.

— Cela devrait aller, dit Peter, en respirant profondément. Et maintenant, envoyons deux autres messagers avec le roi Edmund. Je pense que le géant pourrait être l'un d'eux.

— Il… il n'est pas très intelligent, vous savez, avertit Caspian.

— Je le sais bien, dit Peter. Mais n'importe quel géant a l'air impressionnant, si seulement il veut bien se taire. Et cela le réconfortera. Mais qui choisir pour l'autre messager ?

— Sur ma parole, dit Trompillon, si vous voulez quelqu'un qui puisse tuer d'un seul de ses regards, c'est Ripitchip qui fera le mieux l'affaire !

— En effet, d'après tout ce que j'ai entendu, vous

avez raison, dit Peter en riant. Si seulement il n'était pas si petit ! Ils ne le verraient même pas, à moins qu'il ne se trouve juste sous leur nez !

— Envoyez Ouragan, Sire, conseilla Chasseur-de-Truffes. Personne ne s'est jamais moqué d'un centaure.

Une heure plus tard, deux grands seigneurs de l'armée de Miraz, le seigneur Glozelle et le seigneur Sopespian, déambulant le long de leurs lignes, et se curant les dents après leur petit déjeuner, levèrent la tête et virent sortir du bois et se diriger vers eux le centaure Ouragan et le géant Gros-Temps, qu'ils avaient déjà aperçus dans la bataille, avec, entre eux deux, un personnage qu'ils ne reconnaissaient pas. Les autres garçons de l'école d'Edmund, eux non plus, ne l'auraient pas reconnu s'ils avaient pu le voir à cet instant. Car Aslan avait soufflé sur lui, lors de leur rencontre, et une sorte de grandeur l'auréolait tout entier.

— Qu'est-ce que c'est ? demanda le seigneur Glozelle. Une attaque ?

— Plutôt des pourparlers, dit Sopespian. Regardez : ils portent des rameaux verts. Ils viennent pour se rendre, très vraisemblablement.

— Celui qui marche entre le centaure et le géant n'a pas du tout l'expression de quelqu'un qui va se rendre, remarqua Glozelle. Qui peut-il être ? Ce n'est pas l'enfant Caspian.

— Non, certainement pas, dit Sopespian. C'est un impitoyable guerrier, je vous l'assure, quel que soit l'endroit où l'aient trouvé les rebelles. Il a (je vous le dis en grande confidence) une allure infiniment plus royale que n'en a jamais eu Miraz. Et quelle splendide cotte de mailles il porte ! Aucun de nos forgerons ne serait capable d'en faire une semblable !

— Je parie mon coursier pommelé qu'il apporte un défi, non une reddition, affirma Glozelle.

— Comment cela ? s'exclama Sopespian. Nous tenons l'ennemi dans notre poing ici. Miraz ne serait jamais assez écervelé pour abandonner cet avantage, en acceptant un combat singulier !

— Il pourrait y être amené, dit Glozelle, en baissant la voix.

— Plus bas, recommanda Sopespian. Allons un peu à l'écart, hors de portée de voix de ces sentinelles. Voilà. Ai-je bien compris la pensée de Votre Seigneurie ?

— Si le roi relève le défi d'un combat singulier, chuchota Glozelle, eh bien, soit il tuera, soit il sera tué.

— Évidemment, dit Sopespian, en inclinant la tête en signe d'assentiment.

— Et s'il tue, nous aurons gagné cette guerre.

— Certainement. Et s'il ne tue pas ?

— Eh bien, dans ce cas, nous pourrons aussi bien la gagner sans la bénédiction de Miraz… Car je n'ai pas besoin de vous dire que Miraz n'est pas un très grand capitaine. Ensuite, nous serions tous les deux victorieux, et débarrassés du roi.

— Et vous pensez, mon seigneur, que vous et moi pourrions gouverner ce pays aussi commodément sans un roi qu'avec un roi ?

Le visage de Glozelle fut tordu par une affreuse grimace.

— Il ne faut pas oublier, dit-il, que c'est nous qui l'avons mis sur le trône. Et durant toutes les années où il en a profité, quels fruits en avons-nous retirés ? Quelle reconnaissance nous a-t-il manifestée ?

— Ce n'est pas la peine d'en dire plus, répondit Sopespian. Mais, regardez : voici quelqu'un qui vient nous chercher, pour nous conduire à la tente du roi.

Lorsqu'ils arrivèrent près de la tente de Miraz, ils aperçurent Edmund et ses deux compagnons, assis à l'extérieur ; on leur servait des gâteaux et du vin, parce qu'ils avaient déjà fait part du défi, et s'étaient retirés, pendant que le roi examinait leur proposition. En les voyant ainsi de près, les deux Telmarins jugèrent qu'ils avaient tous trois l'air extrêmement inquiétant.

À l'intérieur, ils trouvèrent Miraz sans armes, et qui finissait son petit déjeuner. Son visage était pourpre, et il fronçait les sourcils d'un air menaçant.

— Voilà ! gronda-t-il, en jetant le parchemin en travers de la table. Voyez ce tas de contes de fées que notre petit vaurien de neveu nous a envoyé !

— Avec votre permission, Sire, dit Glozelle. Si le jeune guerrier que nous venons de voir dehors est le roi Edmund mentionné dans ce message, eh bien, je ne le considérerais pas comme un personnage de conte de fées, mais comme un très dangereux chevalier.

— Le roi Edmund, peuh ! ricana Miraz. Est-ce que Votre Seigneurie croit à ces histoires de vieilles bonnes femmes, concernant Peter, Edmund et les autres ?

— Je crois mes yeux, Votre Majesté, répondit Glozelle.

— Bon, cela n'a rien à voir avec notre affaire ! coupa Miraz. Mais, en ce qui concerne le défi, je suppose que nous partageons la même opinion ?

— Je le suppose, en effet, Sire, dit Glozelle.

— Et quelle est-elle ? demanda le roi.

— Il n'y a pas à s'y tromper, dit Glozelle, il faut refuser. Car, bien que je n'aie jamais été considéré comme lâche, je dois avouer franchement que rencontrer ce jeune homme dans un combat singulier dépasserait mon courage. Et si (comme c'est probable) son frère le roi suprême est plus dangereux que lui, eh bien, sur votre vie, mon seigneur roi, n'ayez rien à voir avec lui.

— La peste soit sur vous ! s'écria Miraz. Ce n'est pas cette sorte de conseil que je souhaitais ! Pensez-vous que je vous demande si je dois avoir peur de rencontrer ce Peter (si seulement un tel homme existe) ? Croyez-vous que j'ai peur de lui ? Je voulais avoir votre avis sur l'aspect politique de l'affaire ; savoir si nous, qui avions l'avantage, devions le risquer dans un combat singulier.

— À cela, Votre Majesté, dit Glozelle, je peux seulement répondre que toutes les raisons indiquent qu'il faut refuser le défi. Je vois la mort sur l'étrange visage de ce chevalier…

— Voilà que vous recommencez ! s'exclama Miraz, qui était, maintenant, complètement furieux. Essayez-vous de faire apparaître que je suis un aussi grand poltron que Votre Seigneurie ?

— Votre Majesté peut dire ce qu'elle veut, dit Glozelle, d'un air maussade.

– Vous parlez comme une vieille femme, Glozelle, dit le roi. Et vous, que pensez-vous, seigneur Sopespian ?

– Ne vous en mêlez pas, Sire, répondit-il. Et ce que Votre Majesté a dit de l'aspect politique de cette affaire tombe très à propos. Cela donne à Votre Majesté d'excellentes raisons pour refuser, sans que l'on puisse, d'aucune manière que ce soit, mettre en question l'honneur et le courage de Votre Majesté.

– Bonté divine ! s'écria Miraz en sautant sur ses pieds. Vous aussi, vous êtes ensorcelé, aujourd'hui ! Croyez-vous que je sois en train de chercher des raisons pour refuser ? Vous pourriez aussi bien me traiter carrément de lâche en plein visage, pendant que vous y êtes !

La conversation se déroulait exactement comme le souhaitaient les deux seigneurs, aussi ne dirent-ils rien.

– Je comprends, dit Miraz, après les avoir dévisagés intensément, comme si ses yeux allaient lui sortir de la tête, vous êtes vous-mêmes aussi poltrons que des lièvres, et vous avez l'insolence d'imaginer mon cœur à la ressemblance du vôtre ! Des raisons pour un refus, en effet ! Des excuses pour ne pas combattre ! Êtes-vous des soldats ? Êtes-vous des Telmarins ? Êtes-vous des hommes ? Et si je refuse (comme toutes les meilleures raisons de tactique et de politique guerrières m'incitent à le faire), vous penserez, et vous amènerez les autres à penser, que j'ai eu peur. N'ai-je pas deviné juste ?

– Aucun soldat avisé, dit Glozelle, ne pourrait taxer de lâcheté un homme de l'âge de Votre Majesté parce qu'il aurait refusé de se battre avec un fameux guerrier dans la fleur de sa jeunesse.

– Ainsi, je dois me résigner à n'être qu'un vieux gâteux, avec un pied dans la tombe, aussi bien qu'un lâche ! rugit Miraz. Je vais vous dire ce qu'il en est, mes seigneurs ! Avec vos conseils de femmes (s'écartant toujours du vif du sujet, qui est la politique), vous avez produit un effet contraire à vos desseins. J'avais l'intention de refuser ce combat. Mais je vais l'accepter ! Je ne me couvrirai pas de honte parce que je ne sais quelle sorcellerie a gelé votre sang !

– Nous supplions Votre Majesté… dit Glozelle.

Mais Miraz s'était élancé hors de la tente, et ils l'entendirent hurler à tue-tête son acceptation à Edmund.

Les deux seigneurs échangèrent un regard et rirent sous cape.

– Je savais qu'il accepterait s'il était piqué au vif, comme il le fallait, dit Glozelle. Mais je n'oublierai pas qu'il m'a traité de lâche. Il me le paiera !

Il y eut un grand remue-ménage à la colline d'Aslan lorsque les nouvelles furent connues et communiquées aux diverses créatures. Edmund, avec l'un des capitaines de Miraz, avait déjà délimité l'endroit du combat ; des piquets et des cordes avaient été disposés tout autour. Deux Telmarins devaient se tenir à deux des coins, un autre serait posté au milieu d'un côté : ils auraient qualité de juges du champ clos. Trois juges, pour les deux autres coins et pour l'autre côté, devaient être fournis par le roi suprême. Peter était justement en train d'expliquer à Caspian qu'il ne pourrait pas être choisi, parce que son droit au trône était l'enjeu du combat, lorsqu'une grosse voix ensommeillée déclara soudain :

– Votre Majesté, s'il vous plaît !

Peter se retourna : derrière lui se tenait le plus âgé des ours Ventripotent.

– S'il vous plaît, Votre Majesté, dit-il. Je suis un ours, j'en suis un !

— Pour sûr, vous êtes un ours, et un bon ours, en plus, je n'en doute pas, répondit Peter.

— Oui, dit l'ours. Or cela a toujours été le privilège des ours de servir de juges pour le champ clos.

— Ne lui permettez pas, chuchota Trompillon à l'oreille de Peter. C'est une brave créature, mais il nous couvrira tous de honte. Il s'endormira et il sucera ses pattes. Même devant l'ennemi.

— Je ne peux pas lui refuser, dit Peter. Parce qu'il a parfaitement raison. Les ours possèdent ce privilège. Je ne peux pas imaginer comment le souvenir de ce droit ne s'est pas perdu au cours de toutes ces longues années, alors que tant d'autres choses ont été oubliées.

— S'il vous plaît, Votre Majesté, répéta l'ours.

— C'est votre droit, dit Peter. Vous serez l'un des juges. Mais vous devez vous rappeler qu'il ne faut pas sucer vos pattes.

— Bien sûr que non ! dit l'ours d'une voix indignée.

— Mais tu es justement en train de le faire ! vociféra Trompillon.

L'ours ôta vivement sa patte de sa gueule et fit semblant de ne pas avoir entendu.

— Sire, s'écria une voix perçante, venue du ras de la terre.

— Ah ! Ripitchip ! dit Peter, après avoir regardé en

l'air, en bas, et tout autour de lui, comme le faisaient habituellement les personnes interpellées par la souris.

— Sire, dit Ripitchip, ma vie est toujours à votre disposition, mais mon honneur m'appartient. Sire, j'ai parmi mes semblables la seule trompette de l'armée de Votre Majesté. J'avais pensé que, peut-être, nous aurions pu être envoyées pour porter le défi. Sire, mes troupes sont mortifiées dans leur fierté. Si tel était votre bon plaisir que je sois juge sur le champ clos, peut-être le considéreraient-elles comme une réparation ?

À cet instant, un bruit qui rappelait celui du tonnerre éclata quelque part au-dessus de leurs têtes. C'était le géant Gros-Temps qui était pris d'un de ces accès de fou rire assez bêtes auxquels les espèces les plus aimables de géants sont si souvent sujettes. Il se ressaisit aussitôt, et il avait l'air aussi sérieux qu'un navet quand Ripitchip découvrit l'origine du bruit.

— Je crains que cela n'aille pas, répondit Peter avec beaucoup de gravité. Quelques humains ont peur des souris…

— Je l'ai remarqué, Sire, dit Ripitchip.

— Et ce ne serait pas très juste pour Miraz, continua Peter, d'avoir en face de lui quelque chose qui puisse émousser son courage.

— Votre Majesté est le miroir de l'honneur ! dit la souris en faisant l'une de ses admirables révérences. Et, en cette matière, j'épouse complètement votre point de vue… J'avais cru entendre quelqu'un rire, il y a un instant. Quiconque ici présent désire me prendre pour objet de ses risées me trouvera prêt à le rencontrer, avec mon épée, quand bon lui semblera !

Un silence terrible suivit cette remarque ; il fut brisé par la voix de Peter qui disait :

– Le géant Gros-Temps, l'ours Ventripotent et le centaure Ouragan seront nos juges. Le combat aura lieu à deux heures de l'après-midi. Le déjeuner sera servi à midi précis.

– Enfin, dit Edmund tandis qu'ils s'éloignaient, je suppose que c'est bien. Je veux dire, je suppose que tu peux le battre ?

– C'est en combattant que je connaîtrai la réponse, dit Peter.

Chapitre 14

Où tout le monde est très occupé

Un peu avant deux heures de l'après-midi, Trompillon et le blaireau s'assirent avec toutes les autres créatures à la lisière du bois, et regardèrent la ligne étincelante de l'armée de Miraz, qui se trouvait éloignée d'environ deux jets de flèche. Dans l'intervalle, un espace carré d'herbe plane avait été enclos pour le combat. Aux deux coins les plus éloignés se tenaient Glozelle et Sopespian, avec leurs épées tirées. Aux deux coins les plus rapprochés, il y avait le géant Gros-Temps et l'ours Ventripotent qui, en dépit de toutes les recommandations, était en train de sucer ses pattes, et avait l'air, il faut l'avouer, singulièrement stupide. Pour compenser cette mauvaise tenue, Ouragan, à droite des lices, complètement immobile, sauf de temps à autre lorsqu'il piétinait le gazon d'un sabot arrière, semblait infiniment plus imposant que le baron telmarin qui lui faisait face, sur la gauche. Peter, qui venait de serrer la main d'Edmund et celle du docteur, marchait au combat. C'était un peu comme le moment qui précède le coup de pistolet, dans une course importante, mais en bien pire.

– J'aurais aimé qu'Aslan fasse son apparition, avant que nous en arrivions là, soupira Trompillon.

– Moi aussi, dit Chasseur-de-Truffes. Mais regarde derrière toi !

– Corneilles et céramiques ! marmotta le nain, dès qu'il se fut retourné. Qui sont-ils ? Ces personnages immenses – ces personnages magnifiques – semblables à des dieux, à des déesses, à des géants, qui s'approchent derrière nous. Qui sont-ils ?

– Ce sont les dryades, les hamadryades et les sylvains, expliqua Chasseur-de-Truffes. Aslan les a réveillés.

– Hum… grommela le nain. Ce sera très utile, si l'ennemi essaie de tricher. Mais cela n'aidera pas beaucoup le roi suprême, si Miraz se montre plus habile avec son épée.

Le blaireau ne répondit rien car, à présent, Peter et Miraz entraient en lice, par les extrémités opposées, tous deux à pied, avec une cotte de mailles, un casque et un bouclier. Ils avancèrent jusqu'à ce qu'ils soient très près l'un de l'autre. Tous deux s'inclinèrent et parurent échanger quelques paroles, mais il était impossible d'entendre ce qu'ils disaient. L'instant suivant, les deux épées étincelèrent dans la lumière du soleil. Pendant une seconde, l'on put entendre le choc des épées, mais ce bruit fut immédiatement couvert, parce que les deux armées se mirent à hurler, comme les foules lors d'un match de football.

– Bien joué, Peter, bien joué ! cria Edmund, en voyant Miraz reculer d'un pas et demi.

– Poursuis-le, vite !

Ce que Peter fit ; et, durant quelques secondes, on eut l'impression que le combat pouvait être gagné. Mais à ce moment-là, Miraz se ressaisit, et il commença à se servir vraiment de sa taille et de son poids.

– Miraz ! Miraz ! Le roi ! Le roi ! rugirent les Telmarins. Caspian et Edmund pâlirent, malades d'anxiété.

– Peter encaisse des coups terribles, dit Edmund.

– Tiens ! s'étonna Caspian. Que se passe-t-il ?

– Tous deux se séparent, dit Edmund. Un peu essouf-flés, je présume. Regarde. Ah ! Ils recommencent, avec plus de technique, cette fois. Tournant l'un autour de l'autre, cherchant leurs points faibles.

– Je crains que ce Miraz ne connaisse bien son affaire, marmonna le docteur.

Mais à peine avait-il dit ces mots que s'élevèrent, chez les Anciens Narniens, de tels applaudissements, de tels aboiements, de tels trépignements que c'en était complètement assourdissant.

– Qu'est-ce qui s'est passé ? Qu'est-ce qui s'est passé ? demanda le docteur. Je n'ai pas vu.

– Le roi suprême a touché Miraz à l'aisselle, dit Caspian, sans s'arrêter d'applaudir. Juste à l'endroit où l'ouverture du haubert laisse passer la pointe de l'épée C'est le premier sang versé !

— Mais cela tourne mal à nouveau, hélas, observa Edmund. Peter ne se sert pas de son bouclier comme il faut. Il doit être touché au bras gauche.

Ce n'était que trop vrai. Chacun pouvait voir que le bouclier de Peter pendait mollement. Les cris des Telmarins redoublèrent.

— Vous avez vu plus de combats que moi, dit Caspian. Reste-t-il une chance, à présent ?

— Très mince, répondit Edmund. Je suppose qu'il pourrait tout juste réussir, avec de la veine.

— Oh ! Pourquoi avons-nous permis ce combat ? soupira Caspian.

Soudain, les cris, des deux côtés, s'éteignirent. Edmund resta perplexe quelques instants, puis s'écria :

— Oh ! Je comprends. Ils ont décidé, d'un commun accord, de prendre un peu de repos. Venez, docteur ! Vous et moi pourrons peut-être faire quelque chose pour le roi suprême.

Ils coururent auprès des lices, et Peter sortit de l'enclos pour les retrouver, le visage rouge et trempé de sueur, la poitrine haletante.

— Ton bras gauche est-il blessé ? demanda Edmund.

— Ce n'est pas vraiment une blessure, dit Peter. J'ai reçu tout le poids de son épaule sur mon bouclier, comme une charge de briques, et le bord du bouclier s'est enfoncé dans mon poignet. Je ne pense pas qu'il soit cassé, mais c'est peut-être une entorse. Si tu pouvais le bander très serré, je pense que je pourrais m'en arranger.

Tandis qu'il le faisait, Edmund demanda anxieusement :

— Que penses-tu de lui, Peter ?

— Il est fort, répondit-il. Très fort. J'ai une chance, si je peux l'obliger à sautiller, jusqu'à ce que son poids et son manque de souffle jouent contre lui, surtout par ce soleil. À dire vrai, c'est ma seule chance. Embrasse tout le monde pour moi, à la maison, Edmund, s'il me touche… Le voilà qui entre en lice à nouveau. À bientôt, mon vieux. Au revoir, docteur. Au fait, Edmund, dis quelque chose de spécialement gentil à Trompillon de ma part. Il a été formidable !

Edmund ne put dire un seul mot. Il rejoignit sa place, avec le docteur, se sentant complètement retourné.

Mais le nouvel assaut se passa bien. Peter semblait désormais capable d'utiliser quelque peu son bouclier, et il faisait assurément grand usage de ses pieds. Il jouait presque à chat avec Miraz, sautant hors de sa portée, changeant de terrain, donnant beaucoup de peine à son ennemi.

— Lâche ! crièrent les Telmarins, en le huant. Pourquoi ne l'affrontes-tu pas directement ? Tu n'aimes pas cela, eh ? Nous pensions que tu étais venu pour combattre, non pour danser ! Hou ! hou ! hou !

— Oh ! J'espère qu'il ne va pas les écouter… s'inquiéta Caspian.

— Pas lui, le rassura Edmund. Vous ne le connaissez pas… Oh !

Miraz avait fini par porter un coup sur le casque de Peter. Peter chancela, glissa sur le côté et tomba sur un genou.

192

— Vas-y, Miraz ! crièrent les Telmarins à tue-tête
Vas-y ! Vite ! Vite ! Tue-le !

Ce n'était évidemment pas la peine d'encourager
l'usurpateur. Il était déjà au-dessus de Peter. Edmund se
mordit les lèvres jusqu'au sang, tandis que l'épée s'abat-
tait sur son frère. On aurait dit qu'elle allait lui trancher la tête ! Dieu merci, elle ricocha sur l'épaule droite !
La cotte de mailles, forgée par le nain, était robuste et
ne se rompit pas.

— Grands dieux ! s'exclama Edmund. Il s'est relevé !
Peter, vas-y ! Peter !

— Je n'ai pas pu voir ce qui s'est passé, dit le docteur.
Comment a-t-il fait ?

— Il a saisi le bras de Miraz, au moment où il s'abat-
tait sur lui, expliqua Trompillon, en dansant de joie.
Quel homme ! Se servir du bras de son ennemi comme
d'une échelle ! Le roi suprême ! Le roi suprême ! Debout,
Ancien Narnia !

— Regardez, signala Chasseur-de-Truffes. Miraz est
furieux. C'est bien.

Ils se battaient vraiment de toutes leurs forces, à présent : une telle avalanche de coups qu'il semblait absolument impossible, à l'un ou à l'autre, de ne pas être
tué. Comme l'excitation grandissait, les cris s'étaient
presque tous éteints. Les spectateurs retenaient leur
souffle. C'était à la fois complètement horrible et suprê-
mement magnifique.

Une grande clameur monta de chez les Anciens Narniens. Miraz était tombé, non pas touché par Peter, mais,
face contre terre, ayant trébuché sur une touffe d'herbe.

Peter recula, attendant qu'il se relève.

« Oh ! zut ! zut ! zut ! se dit Edmund. A-t-il vraiment besoin de se conduire en gentilhomme ? Je suppose qu'il le doit. Il se trouve qu'il est un chevalier et un grand roi. J'imagine que c'est ainsi qu'Aslan voudrait qu'il se conduise. Mais cette brute sera debout dans une minute, et alors… »

Mais cette brute ne se releva jamais. Les seigneurs Glozelle et Sopespian avaient leur plan tout prêt. Dès qu'ils virent leur roi à terre, ils bondirent à l'intérieur des lices en criant : « Trahison ! Trahison ! Le traître de Narnia l'a frappé dans le dos alors qu'il était étendu et sans défense. Aux armes ! Aux armes ! Telmar ! »

Peter eut du mal à comprendre ce qui se passait. Il vit deux gros hommes se précipiter sur lui avec leurs épées tirées. Et le troisième Telmarin sauta, lui aussi, par-dessus les cordes, sur sa gauche.

– Aux armes, Narnia ! Trahison ! hurla Peter.

Si les trois seigneurs s'étaient jetés sur lui immédiatement, le pauvre Peter aurait perdu la vie ! Mais Glozelle s'arrêta pour poignarder son propre roi, là où il était étendu.

– Voilà pour votre insulte de ce matin ! murmura-t-il, en retirant la lame.

Peter pivota pour faire face à Sopespian, lui sabra les jambes et, avec le revers du même coup, lui coupa la tête. Edmund était arrivé à ses côtés, en criant :

– Narnia, Narnia ! Le Lion !

L'armée telmarine tout entière fonçait dans leur direction. Mais voilà que le géant s'était mis en marche, écrasant tout sur son passage et se baissant très bas pour balancer sa massue. Les centaures chargèrent. Tang, tang ! dans leur dos, hiss, hiss ! au-dessus de leurs têtes : c'étaient les nains qui tiraient à l'arc ! Trompillon combattait à sa gauche. La bataille faisait rage.

– Reviens, Ripitchip, petit sot ! cria Peter. Tu ne réussiras qu'à te faire tuer ! Ce n'est pas une place pour des souris !

Mais les ridicules petites créatures dansaient par-ci, par-là, entre les pieds des combattants des deux armées, et distribuaient force coups d'épée. Plus d'un guerrier telmarin eut la sensation, ce jour-là, que son pied était subitement transpercé par une douzaine de brochettes, sautilla sur une jambe en maudissant sa douleur et, une fois sur deux, tomba à terre. S'il tombait, les souris l'achevaient ; s'il ne tombait pas, c'est quelqu'un d'autre qui s'en chargeait.

Mais avant même qu'ils soient réellement très ardents à leur tâche, les Anciens Narniens se rendirent compte que leurs ennemis mollissaient. Des guerriers à l'aspect redoutable devinrent tout blancs, regardèrent avec terreur non pas les Anciens Narniens, mais quelque chose qui se trouvait derrière eux, et puis jetèrent leurs armes en criant :

– Le bois ! Le bois ! La fin du monde !

Bientôt, on n'entendit plus ni leurs cris ni le cliquetis des armes : ces deux bruits furent submergés par le mugissement, semblable à celui de l'océan, que firent les arbres éveillés, lorsqu'ils plongèrent à travers les rangs de l'armée de Peter, et que, continuant sur leur lancée, ils se mirent à poursuivre les Telmarins. Vous êtes-vous déjà trouvé à la lisière d'un grand bois situé sur une crête élevée lorsque, par un soir d'automne, un sauvage vent de sud-ouest s'y déchaîne avec une rage folle ? Imaginez ce vacarme. Et puis imaginez que ce bois, au lieu d'être enraciné à un endroit fixe, se précipite au contraire vers vous ; et qu'il n'est plus composé d'arbres, mais de personnages immenses qui, pourtant, ressemblent encore à des arbres, parce que leurs longs bras se balancent comme des branches, et que leurs têtes s'agitent, et que des averses de feuilles tourbillonnent autour d'eux. Eh bien, ce fut ce qui arriva aux Telmarins ! Même pour les Narniens, ce phénomène fut un peu alarmant. En quelques minutes, tous les partisans de Miraz s'enfuirent vers la Grande Rivière, avec l'espoir de traverser le pont, vers la ville de Beruna, et de se défendre là, derrière des remparts et des portes closes.

Ils atteignirent la rivière, mais il n'y avait plus de pont ! Il avait disparu depuis la veille. Alors, une panique et une horreur extrêmes s'abattirent sur eux, et ils se rendirent tous.

Mais qu'était-il arrivé au pont ?

De bonne heure ce matin-là, après quelques heures de sommeil, les petites filles, en s'éveillant, avaient vu Aslan tout près d'elles, qui leur annonça :

– Nous allons faire vacances !

Elles se frottèrent les yeux et regardèrent autour d'elles. Les arbres étaient tous partis, mais on pouvait encore les apercevoir, au loin, qui se dirigeaient, comme une masse sombre, vers la colline d'Aslan, Bacchus, les ménades – ces filles sauvages et écervelées qui l'accompagnaient – et Silène étaient restés avec eux. Lucy, parfaitement reposée, sauta sur ses pieds. Tout le monde était réveillé, tout le monde riait, on jouait de la flûte, on frappait des cymbales. Venus de toutes les directions, des animaux, pas des animaux parlants, s'attroupaient, en foule, autour d'eux.

– Qu'est-ce que c'est, Aslan ? demanda Lucy, avec des yeux tout joyeux, et des pieds qui avaient envie de danser.

– Venez, enfants, dit-il. Montez sur mon dos !

– Oh ! Merveille ! s'écria Lucy.

Les deux petites filles grimpèrent sur l'échine chaude et dorée, comme elles l'avaient déjà fait, il y a Dieu seul sait combien d'années. Puis toute la compagnie se mit en route : Aslan en tête, Bacchus et ses ménades, qui sautaient, bondissaient, inventaient mille culbutes, les animaux, qui faisaient des cabrioles autour d'eux, Silène et son âne, qui fermaient le rang.

Ils tournèrent légèrement sur leur droite, dévalèrent la pente raide d'une colline et se retrouvèrent devant le très long pont de Beruna. Avant qu'ils ne s'y engagent, voilà que jaillit hors de l'eau une large tête humide, barbue, plus grande que celle d'un homme, et couronnée de joncs. Elle regarda Aslan, et de sa bouche s'éleva une voix au timbre profond :

– Salut, seigneur, dit-il. Brise mes chaînes.

– Mais qui diable est-il ? chuchota Susan.

– Je pense que c'est le dieu de la rivière, mais chut ! répondit Lucy.

– Bacchus, dit Aslan, délivre-le de ses chaînes.

« Je suppose que cela signifie le pont », pensa Lucy. Et c'était exact. Bacchus et ses compagnes se jetèrent dans l'eau peu profonde, parmi des gerbes d'éclaboussures, et, une minute plus tard, les choses les plus étranges commencèrent à se produire. De grandes et puissantes lianes de lierre vinrent s'enrouler autour des piliers du pont : elles poussaient aussi vite que se développe un feu, s'entortillant autour des pierres, les fendant, les brisant, les séparant. Pour un instant, les parapets du pont furent métamorphosés en riantes haies, tout égayées d'aubépines, et puis elles disparurent lorsque l'édifice entier s'écroula, avec chaos et fracas, dans l'eau agitée de tourbillons. En un concert d'éclaboussures, de cris et de rires, les joyeux compagnons pataugèrent, nagèrent et dansèrent lors de la traversée du gué (« Hourra ! C'est de nouveau le gué de Beruna ! » crièrent les petites filles), puis ils montèrent sur la rive de l'autre côté du fleuve et pénétrèrent dans la ville.

Tout le monde, dans les rues, s'enfuit en les voyant. La première maison où ils arrivèrent était une école : une école de filles, dans laquelle de nombreuses petites filles de Narnia, avec leurs cheveux tirés, d'affreux cols trop serrés autour de leurs cous et d'épais bas rugueux sur leurs jambes, étaient en train d'écouter un cours d'histoire. Le genre d'histoire qui était enseigné à Narnia sous le règne de Miraz était plus ennuyeux que l'histoire la plus sérieuse et la plus authentique que vous ayez jamais lue, et moins vrai que le plus extravagant récit d'aventures.

– Si vous ne faites pas attention, Gwendoline, dit la maîtresse, et si vous ne cessez pas de regarder par la fenêtre, je serai obligée de vous donner un mauvais point.

– Mais, s'il vous plaît, mademoiselle Crécelle… commença Gwendoline.

– Avez-vous entendu ce que j'ai dit, Gwendoline ? demanda Mlle Crécelle.

– Mais, s'il vous plaît, mademoiselle Crécelle, dit Gwendoline, il y a un lion !

– Voilà deux mauvais points, pour avoir dit des inepties ! s'écria Mlle Crécelle. Et maintenant…

Un rugissement l'interrompit. Du lierre vint s'enrouler autour des fenêtres de la salle de classe. Les murs se transformèrent en une masse de verdure chatoyante, et des branches feuillues s'arrondirent en arceaux au-dessus de leurs têtes, là où s'était trouvé le plafond. Mlle Crécelle s'aperçut qu'elle était assise sur l'herbe d'une clairière, dans une forêt. Elle s'agrippa à son bureau pour reprendre son équilibre et découvrit que son bureau était un buisson de roses. Des êtres sauvages, comme elle n'en avait jamais imaginé, se pressaient autour d'elle.

Puis elle vit le Lion, poussa un hurlement et s'enfuit et, avec elle, toute sa classe, qui était composée, en majeure partie, de petites filles boulottes, guindées, et affublées de grosses jambes.

Gwendoline hésita.

– As-tu envie de rester avec nous, petit cœur ? demanda Aslan.

– Oh ! Est-ce que je peux ? Merci, merci ! s'écria Gwendoline.

Aussitôt, elle donna la main à deux des ménades, qui l'entraînèrent dans le tourbillon d'une joyeuse danse, et l'aidèrent à ôter quelques-uns des vêtements inutiles et inconfortables qu'elle portait.

Partout où ils se rendirent, dans la petite ville de Beruna, le même scénario se répéta. La plupart des gens fuyaient, quelques-uns se joignaient à eux. Quand ils quittèrent la ville, ils formaient une compagnie plus nombreuse et plus gaie.

Ils continuèrent d'avancer à travers les champs cultivés situés sur la rive nord, ou rive gauche, de la rivière. À chaque ferme, des animaux sortaient pour les rejoindre. De vieux ânes tristes, qui n'avaient jamais connu la joie, rajeunirent subitement ; des chiens enchaînés rompirent leurs chaînes ; des chevaux mirent leurs charrettes en pièces, à coups de sabot, et s'en vinrent trotter avec eux, clop clop !, soulevant des mottes de terre et poussant des hennissements.

Près d'un puits, dans une cour, ils rencontrèrent un homme qui battait un petit garçon. Le bâton se couvrit de fleurs dans la main de l'homme. Il essaya de le jeter, mais il collait à sa main ! Son bras devint une branche, son corps, le tronc d'un arbre, et ses pieds prirent racine. Le jeune garçon qui, un moment plus tôt, pleurait, éclata de rire et partit avec eux.

À mi-chemin sur la route qui menait à Beaversdam, dans une petite ville où deux rivières se rencontraient, ils arrivèrent devant une autre école, où une jeune fille à l'air fatigué était en train d'enseigner l'arithmétique à un groupe de garçons, qui ressemblaient tout à fait à des petits cochons. Elle regarda par la fenêtre, vit les divins compagnons qui chantaient en remontant la rue, et un élan de joie s'empara de son cœur. Aslan s'arrêta juste sous la fenêtre et leva les yeux vers elle.

– Oh! Non, non, non, dit-elle. Je vous aime. Mais je ne dois pas. Je ne dois pas quitter mon travail. Et les enfants seraient effrayés s'ils vous voyaient.

– Effrayés? répéta le garçon qui ressemblait le plus à un petit cochon. À qui parle-t-elle par la fenêtre? Allons dire à l'inspecteur qu'elle parle à des gens par la fenêtre, quand elle devrait nous faire la classe.

– Allons voir qui c'est, dit un autre garçon.

Alors ils se massèrent tous à la fenêtre. Mais dès que parurent leurs petits visages bornés, Bacchus, dans un grand cri, chanta: «Euan, euan, eu-oi-oi-oi!» et tous les garçons se mirent à hurler de terreur, à se bousculer vers la porte pour sortir plus vite, et à sauter par les fenêtres.

L'on raconta par la suite (est-ce vrai ou non?) que l'on ne revit jamais ces petits garçons, mais qu'il y eut, dans cette partie du pays, un troupeau de très jolis petits cochons qui n'avaient jamais été là auparavant.

– Maintenant, cher cœur, dit Aslan à la maîtresse.

Aussitôt elle sauta en bas pour se joindre à eux.

À Beaversdam, ils retraversèrent la rivière et se dirigèrent vers l'est, le long de la rive sud. Ils arrivèrent devant une chaumière où une enfant, debout sur le seuil, pleurait.

– Pourquoi pleures-tu, mon amour ? demanda Aslan.

L'enfant, qui n'avait jamais vu d'image de lion, n'eut pas peur de lui.

– Ma tante est très malade, dit-elle. Elle va mourir.

Alors Aslan voulut entrer à l'intérieur de la chaumière, mais la porte était trop étroite. C'est pourquoi, après avoir passé sa tête, il poussa avec ses épaules (Lucy et Susan furent désarçonnées lors de cette manœuvre) et souleva la maison tout entière, qui retomba à la renverse un peu à l'écart. Et là, toujours dans son lit, bien que le lit se trouvât désormais en plein air, était allongée une vieille petite bonne femme qui paraissait avoir en elle du sang de nain. Elle était à l'article de la mort, mais lorsqu'elle ouvrit les yeux et qu'elle vit le Lion, avec sa belle crinière brillante, qui la regardait bien en face, elle ne cria pas, elle ne s'évanouit pas, elle dit :

– Oh ! Aslan, je savais que c'était vrai ! J'ai attendu cet instant toute ma vie ! Êtes-vous venu pour m'emmener avec vous ?

– Oui, très chère, dit Aslan. Mais ce n'est pas encore le grand voyage.

Et, tandis qu'il parlait, telle la lueur pourpre qui glisse à la bordure d'un nuage au lever du soleil, la couleur revint sur son visage blanc, ses yeux brillèrent, elle se redressa et dit :

– Eh bien, je déclare que je me sens vraiment mieux ! Je pense que je pourrai prendre un petit déjeuner ce matin.

– Voici, mère, dit Bacchus, plongeant une cruche dans le puits de la chaumière et la lui présentant.

Ce qu'elle contenait n'était pas de l'eau, mais du vin, le vin le plus riche, rouge comme de la confiture de groseilles, doux comme de l'huile, revigorant comme du bœuf, réchauffant comme du thé et frais comme la rosée.

– Eh ! Vous avez fait quelque chose à notre puits ! dit la vieille femme. Quel agréable changement, ah oui !

Et elle sauta hors de son lit.

– Montez sur mon dos, dit Aslan, qui ajouta à l'adresse de Susan et de Lucy : vous, les deux reines, il faudra que vous couriez, maintenant.

– Mais cela nous amuse tout autant, dit Susan.

Et ils repartirent.

Et c'est ainsi que, sautant, dansant, chantant, avec de la musique et des rires, parmi les rugissements, les aboiements et les hennissements, ils arrivèrent tous à l'endroit où les soldats de Miraz, l'épée à terre et les bras en l'air, étaient encerclés par les soldats de Peter, qui avaient gardé leurs armes à la main, et qui respiraient bruyamment, l'air grave et satisfait. Et voici la première chose qui se produisit : la vieille femme se laissa glisser du dos d'Aslan et se précipita vers Caspian, et ils s'embrassèrent chaleureusement, car c'était sa vieille nourrice.

Chapitre 15

Aslan crée une porte
dans l'air

À la vue d'Aslan, les joues des soldats telmarins prirent une couleur de sauce froide, leurs genoux s'entrechoquèrent et beaucoup tombèrent face contre terre. Ils n'avaient pas cru au Lion, et leur terreur n'en était que plus grande Même les nains rouges, qui savaient qu'il venait en ami, se tenaient immobiles, la bouche ouverte, sans pouvoir proférer une parole. Quelques nains noirs, qui avaient été du parti de Nikabrik, commencèrent à s'esquiver. Mais toutes les bêtes qui parlent affluèrent autour du Lion, avec des ronronnements, des grognements, des cris et des hennissements de joie , elles le caressaient avec leurs queues, elles se frottaient contre lui, elles le touchaient respectueusement avec leurs museaux, elles allaient e⊦

venaient sous son corps et entre ses pattes. Si vous avez jamais vu un petit chat jouer avec un grand chien qu'il aime, et en qui il a toute confiance, vous aurez une assez bonne image de leur comportement.

Ensuite, Peter, guidant Caspian, fendit la foule des animaux.

– Voici Caspian, Sire, dit-il.

Et Caspian s'agenouilla et baisa la patte du Lion.

– Bienvenue, prince, dit Aslan. Vous sentez-vous capable d'assumer la royauté de Narnia ?

– Je... je ne crois pas, Sire, répondit-il. Je ne suis qu'un enfant.

– Bien, dit Aslan. Si vous vous en étiez senti capable, cela aurait été la preuve que vous ne l'étiez pas. C'est pourquoi, sous notre autorité, et sous celle du roi suprême, vous serez le roi de Narnia, seigneur de Cair Paravel et empereur des îles Solitaires. Vous et vos héritiers, tant que durera votre race. Et votre couronnement... Mais, que se passe-t-il ici ?

À cet instant s'approcha une singulière petite procession de onze souris : six d'entre elles portaient une sorte de litière, faite de branchages, mais la litière n'était guère plus grande qu'un atlas de géographie. Personne n'a jamais vu des souris plus abattues que celles-ci. Elles étaient couvertes de boue – certaines, de sang également –, leurs oreilles étaient basses, leurs moustaches pendaient lamentablement, leurs queues traînaient dans l'herbe et celle qui marchait en tête jouait sur sa flûte ténue un air très mélancolique. Sur la litière reposait quelque chose qui n'avait pas meilleure allure qu'un petit tas de fourrure humide : c'était tout ce qui restait de Ripitchip. Il respirait encore, mais il était à demi mort, balafré par d'innombrables blessures, avec une patte écrasée et, à l'endroit de la queue, un moignon recouvert de pansements.

— À toi, Lucy, dit Aslan.

Lucy sortit aussitôt sa fiole de diamant. Bien qu'une seule goutte fût nécessaire pour chacune des blessures de Ripitchip, les blessures étaient si nombreuses qu'il y eut un long silence chargé d'angoisse avant que Lucy ait terminé et que l'animal saute de sa litière. Il mit immédiatement sa patte sur la garde de son épée et, de l'autre, il frisa ses moustaches. Il s'inclina.

— Salut, Aslan ! fit-il de sa voix perçante. J'ai l'honneur...

Mais il s'interrompit brusquement.

La vérité était qu'il n'avait toujours pas de queue, soit que Lucy ait oublié de la traiter, soit que le cordial, efficace pour guérir les blessures, n'ait pas eu le pouvoir de la faire repousser. Ripitchip prit conscience de cette perte, à l'instant où il entama son salut ; cela modifia sans doute quelque chose dans son équilibre. Il regarda par-dessus son épaule droite. Ne parvenant pas à voir sa queue, il tira de toutes ses forces sur son cou, tant et si bien qu'il dut tourner les épaules, et que tout le reste de son corps suivit le mouvement. Mais à ce moment-là, son arrière-train avait, lui aussi, tourné et se trouvait de nouveau hors de sa vue. Alors, il étira une nouvelle fois son cou, pour regarder par-dessus son épaule, avec le même résultat. Ce n'est qu'après avoir tourné trois fois complètement sur lui-même qu'il comprit l'affreuse vérité.

– Je suis confondu, dit Ripitchip à Aslan. Je suis complètement décontenancé. Je dois implorer votre indulgence, pour avoir osé apparaître sous cet aspect si peu convenable.

– Cela vous va très bien, tout petit, dit Aslan.

– Cependant, répliqua Ripitchip, si quelque chose peut être fait… Peut-être Sa Majesté ?

Et il s'inclina devant Lucy.

– Mais que voulez-vous faire d'une queue ? demanda Aslan.

– Sire, dit la souris, je peux manger, dormir et mourir pour mon roi sans elle. Mais une queue, c'est l'honneur et la gloire d'une souris.

– Je me suis parfois demandé, ami, dit Aslan, si vous ne vous préoccupiez pas un peu trop de votre honneur…

– Ô vous, le plus grand de tous les grands rois, dit Ripitchip, permettez-moi de vous rappeler qu'une toute petite taille nous a été impartie, à nous, les souris, et que si nous ne veillions pas à faire respecter notre dignité, certains (considérables par leurs centimètres) ne se priveraient pas de faire, à nos dépens, des plaisanteries très déplacées. C'est pourquoi je me suis donné beaucoup de peine pour proclamer que quiconque n'avait pas envie de sentir cette épée aussi près de son cœur que je réussirai à la planter ne devait pas parler en ma présence de pièges, de fromage ou de chandelle : non, Sire, pas même le plus grand idiot de Narnia !

À ces mots, il leva les yeux et regarda fixement Gros-Temps, avec un air extrêmement féroce, mais le géant, qui était toujours en retard sur les autres, n'avait pas encore saisi ce que l'on racontait à ses pieds, et manqua ainsi l'allusion.

— Puis-je vous demander, dit Aslan, pourquoi vos compagnes ont toutes tiré leur épée ?

— N'en déplaise à Votre Majesté, dit la deuxième souris qui s'appelait Pripicik, nous sommes toutes prêtes à nous couper la queue si notre chef doit ne pas recouvrer la sienne. Nous ne supporterons pas la honte de profiter d'un honneur qui sera refusé à la noble souris.

— Ah ! rugit Aslan. Vous m'avez vaincu. Vous avez de grands cœurs. Ce n'est pas par égard pour votre dignité, mais pour l'amour qui existe entre vous et vos compagnes, et encore plus pour la bonté que vos semblables m'ont témoignée, il y a des siècles, lorsqu'elles ont rongé les cordes qui m'attachaient à la Table de Pierre (et c'est alors, bien que vous l'ayez oublié depuis longtemps, que vous êtes devenues des souris parlantes), c'est donc pour cette raison que vous retrouverez votre queue.

Avant que le Lion ait fini de parler, la nouvelle queue était à sa place. Puis, sur l'ordre d'Aslan, Peter conféra à Caspian les insignes de chevalier de l'Ordre du Lion, et Caspian, dès qu'il fut fait chevalier, conféra la même dignité à Chasseur-de-Truffes, à Trompillon et à Ripitchip ; il fit le docteur Cornelius son grand chancelier et confirma l'ours Ventripotent dans sa charge héréditaire de juge des lices. Et il y eut de chaleureux applaudissements.

Ensuite, les soldats telmarins, fermement encadrés mais sans coups ni injures, furent conduits au gué, qu'ils traversèrent, et tous mis sous les verrous dans la ville de Beruna, où on leur donna du bœuf et de la bière. Ils firent beaucoup d'histoires pour traverser la rivière, car tous détestaient et redoutaient les eaux courantes autant qu'ils détestaient et redoutaient les bois et les animaux. Mais tous ces ennuis furent bientôt terminés et alors commença la partie la plus agréable de cette longue journée.

Lucy, assise tout près d'Aslan et divinement bien installée, se demandait ce que les arbres étaient en train de faire. Tout d'abord, elle crut qu'ils étaient en train de danser ; il est vrai qu'ils tournaient lentement, décrivant deux cercles, l'un de la gauche vers la droite, et l'autre, de la droite vers la gauche. Ensuite, elle remarqua qu'ils jetaient continuellement quelque chose au centre des deux cercles. Parfois elle pensait qu'ils coupaient de longues tresses de leurs cheveux ; à d'autres moments, on aurait dit qu'ils coupaient des morceaux de leurs doigts, mais, si tel était le cas, ils avaient de nombreux doigts de rechange, et cela ne leur faisait pas mal. Mais, quels que soient les objets qu'ils lançaient à terre, ils devenaient, en touchant le sol, rameaux et brindilles secs. Ensuite, trois ou quatre nains rouges arrivèrent avec leurs briquets à silex, et mirent le feu à la pile de bois, qui commença par crépiter, puis s'embrasa et finalement gronda comme devrait le faire tout feu de joie, dans un pays boisé, par une belle nuit d'été. Et, en formant un large cercle, chacun s'assit autour du feu.

Ensuite, Bacchus, Silène et les ménades entamèrent une danse, beaucoup plus sauvage que la danse des arbres ; non pas seulement une danse pour le plaisir et la beauté (bien qu'elle exprimât aussi cela), mais une danse magique, la danse de l'abondance ; et aux endroits que leurs mains avaient touchés, aux places que leurs pieds avaient foulées, le festin se mit à exister : des quartiers de viandes rôties, qui emplissaient le bocage de fumets délicieux, des galettes de gruau et d'avoine, du miel et des sucres de toutes les couleurs, de la crème aussi épaisse que du porridge et aussi lisse que de l'eau immobile, des pêches, des nectarines, des grenades, des poires, des raisins, des fraises, des framboises, des pyramides, des cataractes de fruits ! Ensuite, dans de larges coupes en bois, dans des jattes et dans des hanaps, ornés de guirlandes de lierre, furent servis les vins ; il y en avait de sombres, épais comme des sirops de jus de mûre, et de rouge clair, comme des confitures liquides ; il y avait des vins jaunes et des vins verts, et des vins vert-jaune, et des vins jaune-vert.

Mais un menu différent fut proposé aux arbres. Lorsqu'elle vit Pelle-de-la-Motte et ses taupes ratisser le gazon à différents endroits (désignés par Bacchus) et qu'elle comprit que les arbres allaient manger de la *terre*, Lucy éprouva une sorte de haut-le-cœur. Mais lorsqu'elle découvrit les variétés de terre qui leur furent offertes, elle changea d'avis. Les arbres débutèrent par une riche terre brune, qui ressemblait tout à fait à du chocolat ; qui y ressemblait tellement qu'Edmund en goûta un morceau ; mais il ne l'aima guère ! Quand cette riche terre eut apaisé un peu leur faim, les arbres passèrent à une terre semblable à celle que l'on voit dans la région du Somerset, et qui est presque rose. Ils déclarèrent qu'elle était plus légère et plus sucrée. Au moment du fromage, ils reçurent un morceau de sol crayeux, puis ils continuèrent avec des plats très délicats, confectionnés à l'aide des graviers les plus fins et saupoudrés de sable argenté. Ils burent peu de vin, mais cela rendit les houx bavards ; pour la plupart, ils étanchèrent leur soif avec de longues gorgées de pluie mêlée de rosée, parfumée aux fleurs des forêts, et agrémentée du goût subtil et léger des nuages les plus délicats.

C'est ainsi qu'Aslan festoya avec les habitants de Narnia bien longtemps après que le soleil eut disparu et que les étoiles furent apparues au firmament ; et le grand feu, désormais plus chaud mais moins bruyant, étincelait comme un phare au milieu des Grands Bois sombres, et les Telmarins, terrorisés, le voyaient de très loin et se demandaient ce qu'il signifiait. Ce qu'il y eut de plus merveilleux dans cette fête, c'est qu'elle n'entraîna ni séparation ni départ, mais, au fur et à mesure que la conversation devenait plus calme et plus lente, les convives, les uns après les autres, se mirent à dodeliner de la tête, et finirent par s'endormir, avec leurs pieds tournés vers le feu, et leurs meilleurs amis à côté d'eux, si bien qu'un grand silence ne tarda pas à régner sur tout le cercle, et que l'on put entendre à nouveau le babillage de l'eau sur les pierres du gué de Beruna. Mais, durant toute la nuit, Aslan et la lune se contemplèrent avec des regards joyeux, qui ne cillèrent pas.

Le lendemain, des messagers (principalement des écureuils et des oiseaux) furent envoyés à travers tout le pays, avec une proclamation à l'intention des Telmarins éparpillés dans le royaume – comprenant, bien entendu, les prisonniers de Beruna. On leur déclarait que Caspian était désormais roi, et que Narnia, par conséquent, appartiendrait aux bêtes qui parlent, aux nains, aux dryades, aux faunes et aux autres créatures, exactement au même titre qu'aux hommes. Ceux qui choisiraient de rester sous ces nouvelles conditions pouvaient le faire ; mais à ceux qui n'en aimaient pas l'idée Aslan procurerait une autre demeure. Quiconque souhaitait partir là-bas devait venir rencontrer Aslan et le roi au gué de Beruna, à midi, le cinquième jour qui suivrait cette proclamation. Vous imaginez aisément que cette déclaration fit naître beaucoup de perplexité chez les Telmarins. Quelques-uns, surtout les plus jeunes, avaient, comme Caspian, entendu des histoires à propos de l'Ancien Temps, et ils étaient ravis qu'il soit revenu. Ils commençaient déjà à se lier d'amitié avec des créatures. Tous ceux-là décidèrent de rester à Narnia. Mais la pupart des hommes âgés, surtout ceux qui avaient été importants sous le règne de Miraz, étaient d'humeur maussade, car ils n'avaient pas du tout envie de vivre dans un pays où ils n'auraient pas la possibilité de commander.

– Vivre ici, avec des animaux épanouis qui joueront les premiers rôles, non merci ! dirent-ils.

– Et avec des fantômes, par-dessus le marché ! ajoutèrent quelques-uns avec un frisson.

— Car c'est ce que sont réellement ces dryades ! Non, ce n'est pas prudent !

Ils étaient également très méfiants.

— Je ne leur fais pas confiance, dirent-ils. Pas avec cet horrible lion, et tout le reste ! Ses griffes ne nous épargneront pas longtemps, vous verrez.

Mais ils se méfiaient également de son offre de leur procurer une nouvelle demeure.

— Très vraisemblablement, il nous emmènera dans sa caverne et nous dévorera un par un, marmonnèrent-ils.

Et plus ils se parlaient les uns aux autres, plus ils devenaient moroses et soupçonneux. Mais, le jour dit, plus de la moitié d'entre eux se présentèrent au rendez-vous.

À l'une des extrémités de la clairière, Aslan avait fait élever deux piquets de bois plus hauts que la tête d'un homme et séparés l'un de l'autre par un mètre environ. Un troisième morceau de bois, plus léger, fut attaché au-dessus des deux autres, de manière à les relier, si bien que l'ensemble ressemblait à l'encadrement d'une porte venant de nulle part et ouvrant sur nulle part. Devant cette construction se tenait Aslan lui-même, avec Peter à sa droite et Caspian à sa gauche. Groupés autour d'eux, il y avait Susan et Lucy, Trompillon et Chasseur-de-Truffes, le grand chancelier Cornelius, Ouragan, Ripitchip et les autres. Les enfants et les nains s'étaient généreusement servis dans les armoires royales de ce qui avait été le château de Miraz, et qui était maintenant le château de Caspian, et, avec leurs soieries et leurs étoffes brochées d'or, avec leurs chemises fines, éblouissantes de blancheur, comme la neige, que l'on apercevait à travers leurs manches à crevés, avec leurs cottes de mailles en argent et les gardes de leurs épées incrustées de pierreries, avec leurs casques dorés et leurs bonnets à plumes, ils étaient tellement étincelants qu'on pouvait à peine les regarder ! Les bêtes elles-mêmes portaient de somptueuses chaînes d'or autour de leurs cous. Et pourtant les regards ne se dirigeaient ni sur elles ni sur les enfants. L'or vivant, et que l'on pouvait caresser, de la crinière d'Aslan les éclipsait tous. Le reste des Anciens Narniens se tenait de chaque côté de la clairière. À l'autre extrémité, il y avait les Telmarins. Le soleil brillait et les oriflammes flottaient dans la brise légère.

— Hommes de Telmar, déclara Aslan, vous qui cherchez un nouveau pays, écoutez mes paroles. Je vais vous envoyer tous dans votre contrée que, moi, je connais, et vous non.

— Nous ne nous rappelons pas Telmar. Nous ne savons pas où cela se trouve. Nous ignorons à quoi cela ressemble ! grommelèrent les Telmarins.

— Vous êtes arrivés à Narnia en venant de Telmar, dit Aslan. Mais vous étiez entrés à Telmar, en venant d'un autre endroit. Vous n'appartenez pas du tout à ce monde. Vous êtes arrivés ici, il y a quelques générations, en quittant ce monde auquel appartient le roi suprême Peter.

À ces mots, la moitié des Telmarins se mit à geindre :

— Voilà ! Nous vous l'avions bien dit ! Il va tous nous tuer, nous expédier hors de ce monde.

Et l'autre moitié commença à se rengorger et à se distribuer de grandes claques dans le dos, en murmurant :

– Voilà ! Il était facile de deviner que nous n'appartenions pas à cet endroit, avec toutes ces créatures bizarres, méchantes, et monstrueuses ! Nous sommes de sang royal, vous verrez...

Et même Caspian, Cornelius et les enfants se tournèrent vers Aslan, avec l'expression d'un très vif étonnement peinte sur leurs visages.

– Paix, dit Aslan, de cette voix basse qui ressemblait fort à un grondement.

La terre parut trembler légèrement, et tout ce qui était vivant dans le bocage devint immobile comme de la pierre.

– Vous, Sire Caspian, dit Aslan, auriez pu savoir que vous ne pouviez pas régner réellement à Narnia, à moins d'être, comme les rois du passé, un fils d'Adam, et de venir du monde des fils d'Adam. Et c'est ce que vous êtes. Il y a bien des années, dans ce monde, là-bas, dans une mer de ce monde, que l'on appelle la mer Méridionale, un navire chargé de pirates fut poussé vers une île par la tempête. Et là, ils agirent en pirates : ils tuèrent les indigènes, prirent pour épouses les femmes des indigènes, et firent du vin de palme, et burent, et s'enivrèrent, et se couchèrent à l'ombre des palmiers, et se réveillèrent, et se querellèrent, et, parfois, s'entre-tuèrent. Lors d'une de ces bagarres, six d'entre eux furent mis en fuite par les autres, et ils partirent avec leurs femmes vers le centre de l'île, et grimpèrent au sommet d'une montagne et pénétrèrent, pour se cacher, dans ce qu'ils pensaient être une caverne. Mais c'était l'un des lieux magiques de ce monde, l'une de ces fissures, de ces crevasses, ouvertes entre ce monde-là et celui-ci. Il existait beaucoup de fissures et de crevasses entre les mondes, dans les Temps Anciens, mais elles sont devenues plus rares. C'était l'une des dernières : je ne dis pas *la* dernière. Et c'est ainsi qu'ils tombèrent, ou montèrent, ou trébuchèrent, ou pénétrèrent, bref se retrouvèrent dans ce monde, dans le pays de Telmar, qui était alors dépeuplé. Pour quelle raison ce pays était-il dépeuplé ? C'est une longue histoire, que je ne vais pas raconter maintenant. À Telmar, leurs descendants vécurent, se multiplièrent et devinrent un peuple féroce et orgueilleux ; après plusieurs générations, il y eut une famine à Telmar et ils envahirent Narnia, qui connaissait alors quelques désordres (mais cela aussi ferait l'objet d'une longue histoire) ; ils le conquirent et le dominèrent. Avez-vous bien noté tout ceci, roi Caspian ?

— Oui, Sire, dit Caspian. J'aurais souhaité une plus noble ascendance.

— Vous descendez du seigneur Adam et de la dame Ève, dit Aslan. C'est à la fois un honneur suffisant pour faire relever la tête au plus pauvre des mendiants, et une honte assez grande pour faire ployer les épaules du plus grand empereur de la terre. Soyez content.

Caspian s'inclina.

— Et maintenant, dit Aslan, vous, hommes et femmes de Telmar, voulez-vous retourner dans cette île du monde des hommes d'où vinrent vos pères ? Ce n'est pas un endroit déplaisant. La race des pirates qui l'ont découverte en premier est éteinte, et l'île est inhabitée. Il y a de bons puits d'eau douce, et un sol fertile, et du bois de construction, et du poisson dans les lagons ; et les autres hommes de ce monde ne l'ont pas encore découverte. La fissure est ouverte pour votre retour ; mais je dois vous avertir d'une chose : une fois que vous aurez franchi la fissure, elle se refermera derrière vous pour toujours. Il n'existera plus de communication entre les mondes par cette porte !

Il y eut un silence qui dura un long moment. Puis, des rangs des soldats telmarins, un grand gaillard à la figure honnête s'avança et dit :

— Voilà, j'accepte l'offre.

— Bien choisi, dit Aslan. Et parce que vous avez parlé le premier, une puissante magie vous accompagnera. Votre avenir, dans ce monde là-bas, sera heureux. Avancez.

L'homme, qui était devenu un peu pâle, s'avança. Aslan et sa cour s'écartèrent, laissant libre pour lui l'accès à cet encadrement de porte vide, formé par les trois piquets.

— Passez à travers, mon fils, dit Aslan, en se penchant vers lui et en touchant le nez de l'homme avec son mufle.

Dès que le souffle du Lion l'enveloppa, une expression nouvelle apparut dans ses yeux, alarmée, mais sans tristesse, comme s'il essayait de se rappeler quelque chose. Ensuite, il carra ses épaules et passa par la porte.

Chacun avait les yeux fixés sur lui. Tout le monde voyait les trois morceaux de bois, et, à travers eux, les arbres, l'herbe et le ciel de Narnia. L'on vit l'homme entre les montants de la porte, et puis, une seconde plus tard, il avait complètement disparu.

De l'autre bout de la clairière, les Telmarins qui restaient poussèrent un long cri plaintif.

— Ouille ! Que lui est-il arrivé ? Avez-vous l'intention de nous assassiner ? Nous n'irons pas par ce chemin.

Et puis, l'un des Telmarins intelligents observa :

— Nous ne voyons pas un autre monde à travers ces bâtons. Si vous voulez que nous y croyions, pourquoi l'un de vous ne s'y engage-t-il pas ? Tous vos amis restent prudemment à l'écart de ces bouts de bois.

Ripitchip s'avança sur-le-champ et s'inclina.

— Si mon exemple peut servir à quelque chose, Aslan, dit-il, je ferai passer onze souris par cette arche à votre demande, sans le moindre délai !

— Non, mon petit, dit Aslan, en posant sa patte de velours avec une infinie légèreté sur la tête de Ripitchip. Ils vous feraient subir des choses affreuses dans cet autre monde. Ils vous exhiberaient dans des foires. D'autres doivent montrer le chemin.

— Venez, dit soudain Peter à Edmund et à Lucy. Notre temps est terminé.

— Que veux-tu dire ? demanda Edmund.

— De ce côté, indiqua Susan, qui semblait très bien savoir de quoi il s'agissait. Retournons sous les arbres. Nous devons nous changer.

— Changer quoi ? s'étonna Lucy.

— Nos vêtements, naturellement, dit Susan. Nous aurions l'air fameusement ridicules sur le quai d'une gare anglaise avec ces vêtements !

— Mais nos autres habits sont dans le château de Caspian, objecta Edmund.

— Non, ils n'y sont pas, dit Peter, qui montrait toujours le chemin vers l'endroit le plus touffu du bois. Ils sont tous ici. Ils ont été empaquetés et apportés ici ce matin. Tout est arrangé.

— C'est de cela qu'Aslan vous parlait, à toi et à Susan, ce matin ? demanda Lucy.

— Oui, de cela et d'autres choses, dit Peter, avec un visage très solennel. Je ne peux pas tout vous dire. Il y avait certaines choses qu'il voulait confier à Susan et à moi, parce que nous ne reviendrons pas à Narnia.

— Jamais ! s'écrièrent Edmund et Lucy, consternés.

— Oh ! vous deux, vous y reviendrez, répondit Peter. Tout du moins, d'après ce qu'il a dit, je suis pratiquement certain qu'il pense que vous reviendrez un jour. Mais ni Susan ni moi. Il dit que nous devenons trop vieux.

— Oh ! Peter, compatit Lucy. Quelle affreuse perspective ! Peux-tu le supporter ?

— Eh bien, oui, je crois, répondit-il. C'est assez différent de ce que j'avais imaginé. Tu comprendras quand viendra ton tour. Mais, vite, voici nos affaires !

Ils trouvèrent étrange, et peu agréable, d'enlever leurs vêtements royaux et de revenir, avec leurs uniformes d'écoliers (qui n'étaient plus très bien repassés, maintenant) au milieu de cette grande et noble assemblée.

Deux ou trois Telmarins, parmi les plus méchants, rica-
nèrent. Mais toutes les autres créatures applaudirent et
se levèrent en l'honneur de Peter, le roi suprême, de la
reine Susan et de sa trompe, du roi Edmund et de la reine
Lucy. Il y eut, avec tous leurs vieux amis, des adieux
débordants d'affection et (du côté de Lucy) mouillés
de larmes ; des baisers, des étreintes de la part des ours
Ventripotent, des mains serrées par Trompillon, et une
dernière embrassade, moustachue et chatouillante,
avec Chasseur-de-Truffes. Et, bien entendu, Caspian
offrit de rendre la trompe à Susan qui lui dit de la garder. Et ensuite, merveilleux et terrible, ce fut l'adieu
à Aslan lui-même, et puis Peter prit sa place, avec les
mains de Susan sur ses épaules, et elle avait celles d'Edmund sur les siennes, et sur les épaules d'Edmund, il
y avait les mains de Lucy, et les mains du premier Telmarin étaient posées sur les épaules de Lucy, et ainsi de
suite, en une longue file, qui s'ébranla en direction de la
porte.

Après il y eut un moment difficile à décrire, car les
enfants eurent l'impression de voir trois choses à la fois :
la première était l'entrée d'une caverne, qui s'ouvrait
sur le bleu-vert étincelant d'une île du Pacifique, où
tous les Telmarins se retrouveraient dès qu'ils auraient
franchi la porte. La deuxième était une clairière à Narnia, avec les visages des nains et des bêtes, le regard
profond d'Aslan et les taches blanches sur les joues du
blaireau. Mais la troisième (et elle ne tarda pas à effacer
les deux autres) était la surface grise et caillouteuse
d'un quai, dans une gare de campagne, avec un banc,

entouré de bagages, où ils étaient tous assis, comme s'ils n'en avaient jamais bougé – réalité qui parut, un instant, un peu plate et un peu morne, après tout ce qu'ils avaient vécu, mais aussi, et c'était inattendu, agréable à sa manière, avec l'odeur familière du train, et le ciel anglais, et la perspective du premier trimestre.

– Eh bien, dit Peter, quelle aventure !

– Oh ! Zut ! s'écria Edmund, j'ai oublié ma lampe de poche à Narnia !

Table des matières

Clive Staple Lewis
L'auteur

Clive Staple Lewis est né à Belfast en 1898. Enfant, il était fasciné par les mythes, les contes de fées et les légendes que lui racontait sa nourrice irlandaise. L'image d'un faune transportant des paquets et un parapluie dans un bois enneigé lui est venue à l'esprit quand il avait seize ans. Mais c'est seulement de nombreuses années plus tard, alors que C. S. Lewis était professeur à l'université de Cambridge, que le faune fut rejoint par une reine malfaisante et un lion magnifique. Leur histoire, *Le Lion, la Sorcière Blanche et l'Armoire magique*, est devenue un des livres les plus aimés de tous les temps avant d'être adaptée avec succès au cinéma, bientôt suivie par *Le Prince Caspian*. Cette saga fantastique se compose de sept volumes. Le prestigieux prix Carnegie, la plus haute distinction de littérature pour la jeunesse au Royaume-Uni, a été décerné au dernier ouvrage, *La Dernière Bataille*, en 1956.

Pauline Baynes
L'illustratrice

C'est J. R. R. Tolkien qui a présenté **Pauline Baynes** à C. S. Lewis. Ses illustrations pour « Le Monde de Narnia » s'étalent sur une période remarquablement longue, depuis *Le Lion, la Sorcière Blanche et l'Armoire magique*, paru en 1950, jusqu'à la mise en couleurs, à la main, de l'intégralité des sept titres, près de cinquante ans plus tard ! Pauline Baynes a remporté la Kate Greenaway Medal.

Mise en pages : Maryline Gatepaille

Loi n° 49-956 du 16 juillet 1949
sur les publications destinées à la jeunesse
ISBN : 978-2-07-061970-2
Numéro d'édition : 158118
Numéro d'impression : 89854
Premier dépôt légal dans la même collection : mai 2001
Dépôt légal : mai 2008

Imprimé en France sur les presses de la Société Nouvelle Firmin-Didot